Schafe brauchen auch mal Urlaub

von Wolfgang Pein

…ein weiterer Tier - Roman

für ein besseres Verständnis
zwischen Mensch und Tier

Bibliografische Information der Deutschen Nationalbibliothek:
Die Deutsche Nationalbibliothek verzeichnet diese Publikation in der Deutschen Nationalbibliografie. Detaillierte bibliografische Daten sind im Internet über http://dnb.d-nb.de abrufbar.

Herstellung und Verlag:
BoD – Books on Demand, In de Tarpen 42,
D – 22848 Norderstedt, Germany

ISBN   9783739241074

... und dies sind die Helden des Romans:

... **den Schotten „McGregor"** erkennt man doch sofort an seinem schottischen Kilt.

... **das irische Schaf „Bunglass"** trägt seinen warmen Pullover und - natürlich - seine irische Paddy-Kappe.

Das Foto zeigt die beiden Freunde bei einer Wanderung in den schottischen Highlands.

... den friedlichen Schafen

Auch wenn S i e nicht gleich ein Schaf bei sich zu Hause aufnehmen (...weil es vielleicht ihr Mietvertrag nicht erlaubt), sie werden ab sofort diese wolligen Tierchen mit ganz anderen Augen betrachten!

Die menschlichen Freunde in diesem Roman sind allesamt echt.

Die Handlung ist frei erfunden, entspricht jedoch neben Fantasie und Humor auch einigen tatsächlich statt gefundenen Ereignissen, die belegbar sind.

Auch wenn meine Schafe von vielen als sehr drollig empfunden werden,

dieser tierische Roman ist in erster Linie k e i n Kinderbuch.

… ein geheimnisvoller Passagier

Das unauffällige kleine irische Fischerboot stampfte durch die See. Die Wellen waren heute ziemlich heftig, denn es herrschte eine hohe und nicht zu unterschätzende Windstärke. „Der Sturm dürfte an die „10" herankommen, wenn nicht sogar mehr", brüllte der Kapitän seiner Besatzung zu, denn mit normaler Lautstärke war hier und heute nichts zu machen.

Er brauchte es nur einem Matrosen seines Vertrauens zuzubrüllen, denn außer diesem und dem Kapitän war niemand an Bord. Die Mannschaft war bewusst „klein gehalten" worden. Diese Fahrt war eine geheime Kommandosache.

Von Irland kommend hatte man die Äußeren Hebriden bereits passiert, hatte sich an der Isle of Lewis vorbei gekämpft und befand sich jetzt mit Kurs auf die Orkney Inseln. Ganz so weit soll die Fahrt dennoch nicht gehen, das genaue Ziel liegt seemännisch noch ein ganzes Stück davor.

Der Kapitän brauchte keine Karte. Er wusste in diesem Augenblick, dass sein Schiff den nördlichsten Teil der schottischen Highlands umfuhr und dass es nach „Cap Wrath" nicht mehr lange dauert, bis man in den „Loch Erboll" einfährt, einen tiefen fjordähnlichen Einschnitt.

Genau in diesem Augenblick machte sich auf dem Festland ein Passagier bereit, der auf das Fischerboot wartete. Historiker, die mit der schottischen Geschichte vertraut sind, denken jetzt sicher sofort an die Flucht von „Bonnie Prince Charlie". Der war nach der Niederlage in der Schlacht vom 16. April 1746 bei Culloden in Schottland ebenfalls letztendlich mit einem Boot geflüchtet. Und dass eine Höhle auch eine Rolle spielt, dass macht die Sache noch zweifelhafter. Allerdings befindet sich die Höhle von „Bonnie`s" Flucht auf der Isle of Sky, und wir sind hier in dieser Geschichte noch immer im Norden der Highlands.

Der Passagier hier ist ein Schaf, genau gesagt – ein schottisches Schaf und sein Name ist „McGregor".

Am Loch Erboll liegt die Höhle „Smoo Cave". Hier war ein geschäftiges Treiben im Gange. Nicht nur der abzuholende Passagier McGregor befand sich dort, sondern auch eine kleine Schafherde. Mit dieser Herde hatte es etwas „Besonderes" auf sich. Diese hatte friedlich und zufrieden in den unteren Gefilden Schottlands auf einer Farm gelebt.

Dessen Besitzer - ein wirklicher Tierfreund - war verstorben. Ein neuer Besitzer ließ sich damals nicht finden, und so trat die „National Sheep Attack" (NSA) - die Vereinigung der Britischen Metzger - auf den Plan. McGregor gelang mit vielen seiner Familie die Flucht.

Diese Flucht in höchster Not führte sie in den höchsten Norden von Schottland, die „Oberen Highlands".

Die Metzger waren höchst böse darüber, dass einem Großteil der Schafe die Flucht gelungen war. Bis heute haben sie dies nicht vergessen und McGregor zur Fahndung ausgeschrieben – mit einer ungewöhnlich hohen Belohnung. Der Frust muss wohl sehr groß sein. Und diese Gefahr für McGregor und seine Familie hat zur Folge, dass alle Ereignisse, die diese Schafe betreffen, streng geheim sind.

Dazu gehört auch das Kommando-Unternehmen mit dem Fischerboot, das in Kürze am vereinbarten Treffpunkt anlegen wird, um McGregor an Bord zu nehmen.

Irland – Grafschaft Donegal

An der Westküste Irlands, am Atlantischen Ozean, liegt der kleine Ort „Glencolumbkille". Glencolumbkille hat ein Besucherzentrum, wo das frühere Leben in Irland gezeigt wird. Hier leben nur eine Handvoll Menschen, dafür aber an mehrfacher Zahl irische Schafe. Eines der Schafe ist „Bunglass". Er hat seinen Namen von den nahen „Cliffs of Bunglass", ebenfalls eine gut besuchte Touristenattraktion.

Bunglass erfreut sich großer Beliebtheit bei den Mitgliedern seiner Herde. Eine besonders herzliche Beziehung hat er aber zu „Molly Wolli", mit der er besonders verbunden ist. Nach einer kalten und dafür besonders anschmiegsamen Nacht wurde nach Ablauf des biologischen Entwicklungszeitraumes ein Lamm geboren. Besonders weiß war es und schwebte wie leichte Schneeflocken über die Weide – so erhielt es den Namen „Flöckchen".
Bunglass hatte somit inmitten seiner großen Herde eine eigene kleine Familie. Bunglass war heute besonders aufgeregt. Er freute sich schon auf ein Wiedersehen mit einem ganz besonderen Freund – McGregor.

Nicht nur er, auch Molly Wolli, Flöckchen und die gesamte Schafherde von Glencolumbkille kannten McGregor. Der war zusammen mit Bunglass schon einmal hier, nachdem die beiden einen langen Aufenthalt in Deutschland hinter sich hatten.

Die beiden Freunde wollten einfach mehr von der Welt sehen, als bis nur kurz hinter den Zaun. Bunglass und McGregor hatten eine lange Zeit in Deutschland in einer Gastfamilie – bei Helga und Wuulfgeng – verbracht und einige tolle Abenteuer erlebt. Möglich war dies, da Bunglass von vielen Besuchern im Besucherzentrum von Glencolumbkille ein wenig die deutsche Sprache gelernt hatte.

Die hatte er auch McGregor beigebracht, und inzwischen sprachen natürlich auch Molly Wolli und Flöckchen ein brauchbares Deutsch. Dass Bunglass und McGregor die Kunst beherrschten, mit nur zwei Beinen auf ihren Hinterhufen zu gehen, machte sie zum Star, wo immer sie auch hin kamen. Alle Schafe in Glencolumbkille wussten seit diesem Besuch vom Schicksal der McGregor-Herde und der damaligen abenteuerlichen Flucht in die Highlands. Somit freuten sich wirklich ohne Ausnahme alle auf das Wiedersehen mit McGregor.

Einige Schafdamen der Herde hatten dabei einen besonders glänzenden Blick. Kein Wunder, McGregor ist aber auch ein besonders stattlicher Typ von einem Schaf, eben ein Held der schottischen Schafe – ein „Wallace der schottischen Schafe".
Die „Männlichkeiten" der Herde erinnerten sich noch allzu gut an die spezielle Abschiedsfeier, bevor Bunglass und McGregor nach Deutschland zurück trabten, neuen Abenteuern entgegen.

Es floss reichlich ein besonderer Saft, das Gras schmeckte damals besonders gut, und mit einem „Schaf-Tattoo" zu Ehren der „Gäste" ging die Feier mit Lagerfeuer und gälischem alten Gesang zu Ende. Mann, war das schön! „So ein Fest ist eine Wiederholung wert! Das werden wir zum Empfang von McGregor ja wohl noch einmal hinbekommen, was meint ihr?" rief Bunglass seinen Freunden zu. Ein riesengroßes „Määäähhh" war die Antwort, was so viel hieß, wie – aber klar doch!

Bunglass verabschiedete sich von Molly Wolli, Flöckchen und seiner Herde. Er würde nur kurz weg sein, vielleicht zwei oder drei Tage. Bunglass hatte sich vorgenommen, McGregor ein Stück des Weges entgegen zu traben. Er konnte kaum noch abwarten, ihn zu sehen.

Bei einem langjährigen und verschwiegenen Tierfreund hatte er eine Mitfahrgelegenheit an die Nordküste Irlands ergattert. Dieser würde ihn auf eine Halbinsel bringen. Am nördlichsten Punkt dann – am „Fanad Head" - würde er darauf warten, dass das Fischerboot mit seinem geheimnisvollen Passagier dort anlegt, Bunglass an Bord nimmt und man gemeinsam die Fahrt bis nach Glencolumbkille fortsetzt.

Bunglass fuhr also von Glencolumbkille aus los. Bevor dies alles verabredet war, auf geheimnisvollen Kanälen, so eine Art Buschtrommel, da war das Wetter auf See noch nicht so rau gewesen.

Bunglass hatte von Anfang an nicht vor gehabt, die gesamte Abholseereise mitzumachen, da er nicht allzu seefest ist, aber ein Stück davon wollte er sich nicht nehmen lassen. Er hoffte inständig, dass sich das Wetter einigermaßen beruhigen würde und sich die Wellen seiner erbarmen. Was erduldet man nicht alles für einen Freund!

Bunglass griff in den kleinen Rucksack, den er mitgenommen hatte. Darin hatte er auch eine kleine Ingwer-Wurzel, auf deren Wirkung er angesichts der beängstigend hohen Wellen vertraute. Stürmische See war er ja vom Strand in Glencolumbkille gewohnt. Aber was nützte ihm dies im Augenblick? Schließlich musste er hinaus auf die tosende See, wenn auch mit und auf einem Schiff.

Vorstellen konnte sich Bunglass das trotzdem noch nicht so richtig. Würde das alles gut gehen?

Zumindest kaute er jetzt schon einmal vorsichtig auf der Ingwer-Wurzel, von der man sagt, sie wäre gut gegen die Seekrankheit; hatte er jedenfalls mal von einem Matrosen gehört, der als Tourist das Besucherzentrum besuchte, das nahe der Schafweide liegt.

„Sollte der damit recht haben, so wäre wohl ein Stoßseufzer mit einem herzlichen Dank angebracht", rief Bunglass laut in seinem Selbstgespräch hinaus, den Wellen entgegen.

Schottland / Loch Erboll

Das Fischerboot ankerte unweit vom Ufer, um den Weg vom sicheren Strand zum bedrohlich schwankenden Schiff so kurz wie möglich zu halten. Der Kapitän hatte die Lichter löschen lassen, eigentlich dem Seerecht nicht entsprechend. Aber weit und breit war kein anderes Schiff zu sehen, und außerdem war dies hier ja wirklich so geheim, dass schon ein kleines Licht Aufmerksamkeit erregen könnte. McGregor schaute auf das unaufhörlich schwankende kleine Ruderboot, das sich tapfer dem Strand entgegen kämpfte. Da sollte er einsteigen? Wie sollte er die weite Fahrt überleben, wenn schon die paar Meter vom Strand zum Fischerboot fast unüberwindlich erschienen?

Das Ruderboot erreichte den Strand, jedem Argwohn zum Trotz. McGregor nahm sein Herz in die Hand, begrüßte den Matrosen, der wie wild mit den Rudern kämpfte, um halbwegs nicht zu stranden, dann wendete dieser samt seinem Passagier und hielt Kurs auf das Fischerboot zu. Nach kurzem Kampf mit den Wellen, der aber auch in McGregors Magen statt fand, erreichten die unfreiwilligen Wellenreiter das Hauptschiff.

An Bord des Schiffes herrschte ein reges auf und ab, mehr, als McGregor lieb war. „Solche Reisen sind einfach keine Schafangelegenheiten, jedenfalls nicht bei einem solchen Wetter", rief er dem Kapitän zu.

Rufen war reichlich untertrieben, eigentlich brüllte er seine Worte dem Kapitän zu, wegen dem immer noch heftig tobenden Sturm. Der Kapitän nickte nur, um seine Stimme zu schonen, der Bordmatrose verzog das Gesicht zu einem Grinsen; er war dies alles gewohnt, es schien ihm nichts auszumachen.

Vielleicht dachte er zur Ablenkung aber auch viel an den versprochenen Lohn für diese besondere Fahrt. Er würde eine Kiste Whisky vom besten schottischen Single Malt bekommen. Darauf freute er sich schon sehr und wollte allein deswegen schon auch ohne weitere Entlohnung mit dabei sein.

Der Kapitän beugte sich dicht an McGregors Ohren heran. „Wir müssen mal sehen, ob wir mit unserem Diesel auch auskommen, oder ob wir noch Treibstoff nachbunkern müssen. Der Sturm ist derart stark, dass wir viel mehr verbrauchen, als ich dies gedacht habe! Wir haben einen enormen Gegenwind!" „Was bedeutet das für unsere Reise und für unseren Zeitplan?" fragte McGregor zurück.

„Keine Angst, deinen Freund Bunglass werden wir genau nach Plan am Fanad Head an Bord nehmen. Ob wir es dann noch bis Glencolumbkille schaffen, das werde ich mir dann noch überlegen. Ich habe gute Verbindungen zum sogenannten „König von Tory Island".

Das ist sozusagen dort der „Inselkönig", wirklich wahr! An dieser Insel kommen wir ohnehin direkt vorbei. Dort kann unser Schiff auch dann noch Treibstoff bekommen, wenn ich der Meinung bin, dass dies wirklich nötig ist."

McGregor nickte nur, hoffend, dass die Reise unter diesen Wetterumständen nicht wirklich noch länger dauern würde. Außerdem konnte auch er es gar nicht mehr abwarten, Bunglass, Molly Wolli, Flöckchen und die Herde von Glencolumbkille wieder zu sehen. McGregor beschloss, sich so gut wie möglich vom Seegang abzulenken.
Er legte den Kopf schief, zog die Stirn in Falten und beobachtete, wie es seine Mitstreiter auf dem Schiff mit der Balance auf Deck so hielten.

Der Kapitän brauchte keine zusätzlichen Haltepunkte, er glich Welle um Welle durch seine Körperbeherrschung aus. Ihm schien das alles gar nichts auszumachen. Der Matrose an Bord schien auch mit allem Atlantikwasser gewaschen zu sein.

Auch der schwankte nur so eben, wie es Flachländer schon bei einem leichten Windhauch hin bekamen. „Ein typischer irischer Seebär", dachte McGregor – rote Haare, standfest bei jedem Wetter. Er musste dabei lächeln.
Nebenbei hatte er vom Kapitän erfahren, dass sein Matrose auch schottische Wurzeln hatte. Daher kam wohl seine große Freude bei der Erwähnung der Belohnung in Form von schottischem Single Malt.

McGregor musste erneut lächeln. „Die beiden sind jedenfalls sehr sympathisch", dachte er. „Und was die beiden für diese spezielle Fracht auf sich nehmen, alle Achtung, scheinen echte Patrioten zu sein!"

„Land in Sicht", diese Worte des Kapitäns unterbrachen McGregors Gedankengang. Fanad Head war in Sichtweite. Würde sein Freund wirklich dort sein?

Fanad Head / Irland

Für Bunglass war die Fahrt von Glencolumbkille nach Fanad Head ohne Besonderheiten verlaufen. Pünktlich, soweit man das bei diesem Wetter und dem erwarteten Eintreffen des Schiffes überhaupt sagen konnte, stand Bunglass am Strand. Ihm gingen viele Dinge durch den Kopf - wie er McGregor kennen lernte, von seinem Schicksal erfuhr, mit ihm zusammen nach Deutschland trabte und wie schließlich McGregor wieder zurück in seine Highlands gelangte, ein sehr gefährlicher Weg für ihn – wegen der Metzger. Und jetzt stand das Wiedersehen kurz bevor. Bunglass ließ eine Träne seine Wange hinunter kullern – er konnte nichts dafür, dass er nichts dafür konnte. Diesen Spruch hatte er irgendwann einmal gehört und ihn so gut gefunden, dass er ihm jetzt wieder in den Sinn kam.

Dann sah Bunglass, wie sich der Bug des Fischerbootes um die Landzunge schob, stark mit den Wellen kämpfend. Die Gischt traf das kleine Boot von fast allen Seiten. Der Wind drehte offensichtlich, wie er wollte. In manchen Augenblicken war das Schiff gar nicht mehr zu sehen. Die sehr starke Brandung machte die Sache auch nicht leichter.

„Bei allen Schafvorfahren", rief Bunglass laut aus, obwohl ihn nun hier wirklich niemand hören konnte. „Wie soll ich jemals auf dieses schwankende und tänzelnde Schiff gelangen?"

Bei allen Überlegungen, die er anstellte, konnte er sich nicht erinnern, jemals so etwas Schwankendes gesehen zu haben, nicht einmal bei der wüstesten Feier, die seine Schafe in Glencolumbkille je veranstaltet hatten.

Wieder kämpfte der Matrose im Ruderboot einen aussichtslos erscheinenden Kampf mit den Wellen, gerade wie bei der vorherigen Landung, wo er McGregor in Schottland aufgenommen hatte. Aber auch hier war er der Sieger – oder hatte die Natur vielleicht auch nur ein „Einsehen", weil hier so etwas Besonderes statt fand?

Natürlich ging es nicht ohne nasse Hufe für Bunglass beim Einsteigen in das heftig schaukelnde Beiboot ab. Aber er sah McGregor an Bord des Fischerbootes winken, und dies war für ihn so ein Ansporn, dass ihm auch noch höhere Wellen keine Angst eingejagt hätten, so sehr freute er sich, McGregor endlich wieder auf die Schultern klopfen zu dürfen.

Der Matrose half Bunglass beim Einsteigen. „Wie schafft der das denn alles nur?" dachte Bunglass. „Er muss das Beiboot vor dem Kentern bewahren, hat die Ruder fest im Griff und hilft mir noch an Bord." Wie als Antwort auf diese Gedanken rief der Matrose Bunglass zu: „Herzlich willkommen an Bord! Keine Angst, es wird schon alles gut gehen, denn hier in der kleinen Nussschale bin ich der Kapitän.

Für das Fischerboot ist dann wieder der Kapitän zuständig, dass er uns heil an unser aller Ziel bringt. Kannst übrigens „Duncan" zu mir sagen – der Kapitän heißt „Mac". Alles klar?"

Was vorher noch unklar schien, war jetzt für Bunglass beseitigt. Die Helfer, ohne die diese Aktion nicht möglich gewesen wäre, verstanden offensichtlich ihr Handwerk. Kein Freizeitkapitän wäre bei so einem Wetter hinaus gefahren. Und auf keinem Ausflugsschiff hätten die Spezial-Beutel gereicht.

Bunglass klammerte sich, mit allem was möglich war, an der kleinen Bank im Ruderboot fest, die nur aus einem schmalen Brett bestand, den Blick fest auf das Fischerboot gerichtet, auf dem McGregor immer noch winkte, obwohl auch der sich an der Reling festhalten musste.

„Das ist ein Bild für die Götter oder eher für Neptun – der hat so etwas wohl noch nicht erlebt – ein Schaf im Ruderboot, ein anderes, dass uns zuwinkt, kaum zu glauben", sprach der Matrose laut vor sich hin und weiter: „Jetzt wäre genau der richtige Zeitpunkt für einen tiefen Schluck."

Auf dem Fischerboot stand der Kapitän weiter am Ruder, um den Standort einigermaßen halten zu können. Das Ruderboot kam nur langsam voran, die Brandung schmiss es immer wieder ein Stück zurück.

Den „Schluck" hat sich der brave Matrose sicherlich mehr als verdient, wenn er und Bunglass endlich bei McGregor ankommen. Dann war es soweit – McGregor warf dem Beiboot ein Seil zu, das der Matrose sicher fing. Durch diese Hilfe konnte er das kleine Boot an die Reling des großen Bootes heran ziehen. Dann half er Bunglass, diesmal beim Aussteigen und beim Einsteigen, bzw. beim Umsteigen.

Den letzten Griff legte dann McGregor an, indem er einen der Vorderhufe von Bunglass umklammerte und ihn hoch an Bord zog. Der Kapitän stand immer noch im Ruderhaus, der Matrose vertäute das Beiboot sicher am Fischerboot, dann kam auch er an Bord, ziemlich nass von der Gischt, die unablässig am Schiff hoch spritzte.

Bunglass und McGregor umarmten sich, klopften sich unablässig auf die Schultern und freuten sich jetzt nicht nur über das Wiedersehen, sondern auch darüber, dass sie dies hier alles überlebt hatten.

Beinahe wären sie trotzdem noch über Bord gegangen, weil der Kapitän mit dem Fischerboot eine derart heftige Wende hinlegte, um endlich aus der Brandung raus auf die freie See zu gelangen, auch wenn diese immer noch heftig tobte.

Einige hundert Meter weiter stieß auch der Kapitän zu den beiden Schafen, nachdem er das Schiff in den Wind gedreht und der Matrose jetzt das Steuer übernommen hatte.

Bevor der Kapitän jedoch etwas sagen konnte, rief ihm Bunglass zu: „Eigentlich müssten wir dieses „an Bord kommen" ja noch einmal wiederholen. Ich habe mal in einem Film gesehen, dass es da eigentlich klare Regeln gibt, indem man den Kapitän erst fragen muss, ob es erlaubt ist, an Bord kommen zu dürfen."

Matrose und Kapitän sahen sich nur kurz an und brachen in heftiges Lachen aus. „Hör sich nur einmal diese Landratten – äh - Landschafe an. Die kennen sich ja sehr gut mit den Regeln auf See aus, Respekt!" sagte der Kapitän.

Der Matrose bat um die Gnade, diese stürmischen Manöver nicht wiederholen zu müssen. Auch ihm wurde diese Bitte gewährt. Er erinnerte sich an seinen Gedanken mit dem fälligen „Schluck". Und keiner der Anwesenden an Bord hatte etwas dagegen, schon jetzt eine der Belohnungsflaschen mit Single Malt zu öffnen. Eine Promillegrenze an Bord eines Schiffes war Bunglass und McGregor nicht bekannt, zumindest für Schafe nicht.

Alle hatten sich diese Belohnung verdient, da wird es wohl keinen Widerspruch geben, auch wenn es nicht bei dem einem Schluck blieb. Seeleute können schon etwas vertragen, und Bunglass und McGregor brauchten ja auch nicht ans Steuerrad. Trotzdem achtete man darauf, des Guten nicht zu viel werden zu lassen, was ja auch lobenswert ist.

„Na ihr beiden", rief Mac Bunglass und McGregor zu. „Haltet euch nur gut an den Seilen an der Reling fest, damit eure Körper vom Sturm nicht so heftig durch geschleudert werden. Auch hilft es manchmal, wenn man den Blick „weit voraus" richtet, eben auf ein fernes Ziel – wie den Horizont zum Beispiel."

McGregor und Bunglass sahen sich an, nickten zwischendurch dem Kapitän nur zu – für Worte war es im Augenblick zu laut. Sturm und Wellen schienen zurzeit nur die Stimmbänder zu schonen, alles andere am und im Körper war in höchster Alarmbereitschaft.

Dennoch flüsterte McGregor Bunglass zu: „Sag mal, wo ist denn eigentlich heute der Horizont, auf den wir blicken sollen?"
„Das kann ich dir auch nicht sagen", erwiderte Bunglass. „Ich sehe genau wie du nur eine dunkle Wand um uns herum, man kann vor lauter Gischt ja nur ein paar Meter weit sehen. Aber dann lass uns wenigstens den Rat befolgen und uns an den Seilen fest halten."

So saßen die Schafe mittig ineinander eingehakt, an den Enden tief in die Seile verschlungen, genug davon waren ja an der Reling vorhanden und fügten sich, was sollten sie auch sonst tun?

Schließlich galt es noch einen ziemlich weiten Seeweg zurück zu legen, der es noch in sich haben konnte, bei diesem Wetter vor allem.

Gerade meinte Bunglass: „Freunde, ich habe soeben einen hellen Blitz gesehen, habt ihr das auch bemerkt?" McGregor antwortete ihm sofort: „Ich glaube, du kannst wohl auf hoher See nicht so viel vertragen, wie auf deiner Weide in Glencolumbkille!"

Im nächsten Augenblick waren alle auf dem Fischerboot geblendet. „Gütiger Himmel", rief Bunglass. „Lass es bloß nicht der Suchscheinwerfer eines Patrouillenbootes sein, womöglich noch von einem Boot, dass dich sucht, McGregor!"

Der Kapitän beruhigte zunächst einmal unsere beiden Schafe: „Es ist doch alles so geheim gehalten worden. Wer sollte denn von dieser Aktion erfahren haben? Und seit wann können Metzger mit Booten umgehen, sich bei diesem Wetter überhaupt aufs Wasser trauen?"

Gut, dass dies mit dem Scheinwerfer ein Irrtum war. Alle an Bord hatten seit langem nur einen dunklen Himmel gesehen, und wer weiß, vielleicht hat auch der Whisky seinen Teil dazu beigetragen. Jedenfalls klärten sich die gestellten Fragen nicht nur in den Köpfen und Gesichtern der „Mannschaft" auf, auch der Himmel beteiligte sich.

Es war gar kein Suchscheinwerfer, der alle in diese helle Aufregung gebracht hatte.

Es war schlicht und ergreifend ein wunderbarer Sonnenstrahl, der erste seit langem, der sich am Rande einer tiefschwarzen Wolke entwickelte und sich seinen Weg in die Gesichter der tapferen Vier bahnte.

Die Sonne hatte den Kampf um die Vorherrschaft zwischen hell und dunkel gewonnen. War es zuerst nur der vereinzelte Strahl, der Bunglass geblendet hatte, so war es jetzt ein ganzes Orchester an Sonnenstrahlen, die auf das Fischerboot herab glitten und auf den Wellen zu Reiten schienen, auf und ab – im Takt der Wellen und des Schiffes.

„Bei allen schönen Dingen dieser Erde", rief McGregor aus. „Mir fällt eine Last von den Schultern, als hätte ein Kohlenschiff in Birmingham sich seiner Ladung entledigt." Der Kapitän und sein Matrose stimmten ein altes Seemannslied an, das Bunglass und McGregor nicht kannten. „Das kann doch einen Iren nicht erschüttern" – oder so ähnlich hörte es sich an.

Nachdem beide Schafe ein altes gälisches Schaf-Volkslied zum Besten gaben, hatte der Kapitän alsbald noch einen weiteren Spruch auf Lager. „Wo wir gerade bei Kohlen und Birmingham waren, kennt ihr eigentlich den Ausspruch „Eulen nach Athen tragen"? Nein, dann will ich euch sagen, dass damals vor langer Zeit Eulen auf den Münzen Athens waren, man war dort sehr reich.
Deshalb wäre es sehr kurios gewesen, noch Eulen nach Athen zu tragen."

Der Matrose ergänzte seinen Kapitän: „Dieser Ausspruch gilt sinngemäß auch für „Kohlen nach Birmingham bringen", denn diese Stadt hatte ein großes Kohlevorkommen in der Gegend, und es wurde massenhaft Kohle in aller Herren Länder verschifft."

„Wer auch immer diese Aussprüche einmal getätigt hat, er hat damit wohl die Wahrheit ausgedrückt und bringt die Menschen noch heute zum Nachdenken darüber", meinte Bunglass. „Und nicht nur die Menschen, auch Schafe wie uns!" ergänzte McGregor.

Alle lachten, die Stimmung an Bord war super. Was wollte man mehr - die beiden Freunde waren wieder vereint, Kapitän und Matrose freuten sich über das fast schon gelungene Abenteuer, die Sonne schien, der Sturm hatte sich gelegt, das Ziel war nicht mehr weit. Da jetzt auch nicht mehr so ein strenger Gegenwind herrschte, würde der Diesel auch bis nach Glencolumbkille reichen, verkündete der Kapitän.

Glencolumbkille / Irland
im Juni 2013, 18.23 h

Am schönen Sandstrand unweit des Besucherzentrums hatten sich alle Schafe der Heimatherde von Bunglass versammelt. Die Nachricht von der nahen Ankunft des Schiffes mit Bunglass und McGregor hatte sich bis hierher bereits verbreitet - über sehr natürliche und vertrauliche Kanäle selbstverständlich. Seit dem das besagte Schiff, das eng an Land vorbei fuhr, bei den „Aran Islands" gesichtet worden war, hatten Schafmelder die Nachricht immer an die Schafe im nächsten Abschnitt weiter gegeben.

So funktionierte die Schaf- Meldekette von „Maghery An Machaire", vorbei an weidenden Schafen in Höhe der „Gweebarra Bay" und „Rossbeg" am „Dunmore Head", bis das erste Schaf die Nachricht an den Strand von Glencolumbkille brachte. Als dann das Schiff in Sichtweite kam, kannte der Jubel unter den wartenden Schafen keine Grenzen mehr. Hat man jemals schon mehr Handstand- und Purzelbaum schlagende Schafe irgendwo auf der Welt als an diesem Tag am Strand von Glencolumbkille gesehen?

Auf dem Schiff waren auch alle erleichtert, dass diese Mission geglückt war. Bunglass und McGregor hatten vor allem die restliche Fahrt entlang der wunderschönen irischen Westküste genossen, wo endlich die tierisch hohen Wellen aufgehört hatten und die Sonne sie begleitete.

Sie konnten bereits jetzt schon – noch ein ganzes Stück weit weg – die winkenden Schafe erkennen. Bunglass verengte seine Augen, um vielleicht noch besser sehen zu können.

Einige Schafdamen der Herde bemühten sich ebenfalls in dieser Hinsicht, allerdings aus anderen Gründen. Bunglass suchte schließlich den Strand nach Molly Wolli und Flöckchen ab, er suchte seine Familie. Die besagten Schafdamen freuten sich auf die Ankunft des kühnen McGregor; dem stand ein richtiger Verwöhn-Aufenthalt bevor, Wellness pur also.

Bei jetzt ruhiger See ankerte das Fischerboot ziemlich nahe am Strand. Gerne wären Bunglass und McGregor die wenigen Meter bis zum Strand geschwommen und hätten somit gerne auf das Umsteigen in das Ruderboot für die letzten Meter verzichtet, waren aber doch noch etwas zu wasserscheu, kein Wunder – nach dieser Reise.

Diese paar Augenblicke mussten jetzt auch noch drin sein, obwohl die allen Beteiligten unendlich lange vorkamen. Die „Damen" am Strand wären McGregor ja auch zu gerne entgegen getrabt. Ihr Styling des Fells, das Stunden in Anspruch nahm, hätte darunter aber im Wasser sehr gelitten, und alle wollten sie für McGregor doch schön wollig aussehen und nicht wie „nasser Köter".

McGregor stieß Bunglass an: „Schau dir das nur an - da am Strand. Das ist ja eine riesige Begrüßungsmannschaft; scheint so, als wäre deine gesamte Herde zum Empfang angetreten."

Bunglass grinste über das ganze Gesicht: „ Alle wollen dich eben gerne wiedersehen. Sogar Schafe aus dem Nachbarort stehen dort, wie es aussieht. Aber sieh dir nur die Aufstellung der Wartenden an. Die Damen meiner Herde warten in der ersten Reihe! Du musst wohl einen sehr großen Eindruck bei deinem letzten Besuch gemacht haben!"

Bunglass konnte sich kaum beruhigen, und McGregor, der sonst immer eine Antwort parat hatte, konnte einen Augenblick lang nicht wechseln. Ungläubig sah er zum Strand, aber seine Miene hellte sich jede weitere Sekunde mehr auf.

„McGregor", fing Bunglass noch einmal an. „Du musst wissen, was die `Damen` alles unternommen haben, um dir zu gefallen."

McGregors Gesicht verfiel jetzt erneut in Erstaunen, in ratloses Erstaunen.
„Du wirst mich doch sicher aufklären, mein Freund – bevor wir den Strand betreten, oder?" forderte McGregor.

Bunglass holte tief Luft, grub noch einen kleinen Augenblick in seiner Erinnerung und legte los:

„Ist ja schon gut – es geht ja schon los mit der Aufklärung. Also: Natürlich haben sich viele Damen nur für dich besonders hübsch gemacht. Sie haben in der Brandung lange gebadet, sich anschließend im nahen Bach das Salz wieder aus dem Fell gespült. Dann marschierten sie auf die Dünen, wo immer ein besonders guter Seewind über den Dünenkamm bläst. Dort trocknete ihr Fell sehr schnell."

„Moment mal", unterbrach McGregor seinen Freund. „Woher willst du denn das alles wissen, du warst doch auch mindestens zwei Tage weg von zu Hause?"

Bunglass wollte sofort antworten, aber die Stimme spielte nicht so ganz mit, so sehr war er einem Supergelächter nahe. Dann aber sagte er:
„Das kann ich dir erklären. Die `Damen ` haben es bereits vor einer Woche geprobt, dabei habe ich zugesehen. Und weißt du was, das ist noch lange nicht alles!"

„Bei allen Highland-Schafen, Bunglass, mach es doch nicht so spannend, wir sind ja schon fast am Strand. Lass mich nicht dumm sterben."

Bunglass lachte erneut, und der Kapitän und Duncan hörten jetzt auch aufmerksam zu. Die beiden kennen sich mit Schafen eben nicht so gut aus, wollten aber noch dazu lernen.

„Also, es gab da noch weitere Vorbereitungen.

Du wirst kaum ahnen, was eifersüchtige Schafe alles ausprobieren, nur um vielleicht besonders oft angeschaut zu werden. Einige unserer Mädels haben sich sogar einen Lidstrich gezogen. Das hat die Welt sicher noch nicht gesehen! McGregor, du fragst dich sicher, womit ziehen die sich einen Lidstrich? Nun, die Mädels haben mal im Besucherzentrum durchs Fenster geschaut. Da lief wohl eine Reklame im Fernsehen, wo entsprechendes vorkam. Schafe sind erfinderisch, so haben sich die Mädels einfach Holzkohle von einem nahen Feuer besorgt. Damit kann man – mit ein wenig Übung – eben auch einen Lidstrich zeichnen."

McGregor schüttelte den Kopf, der Kapitän schüttelte den Kopf, Duncan schüttelte den Kopf.

Der Kapitän ergriff das Wort: „Ich dachte eigentlich immer, für Seemannsgarn wäre ich zuständig, vor allem hier an Bord. Das ist ja unglaublich, was du uns da erzählst, Bunglass. Ist das auch wirklich wahr?"

„So wahr ich hier stehe, es ist alles wahr!" rief Bunglass sofort. „Und das ist noch längst nicht alles. Einige wollten auch ihr Fell etwas farblich verschönern. Entsprechende Versuche wurden mit einer aufgefundenen Sprühdose unternommen. Die im Erstversuch besprühte Dame braucht sicherlich ein ganzes Jahr, bis die Farbe wieder aus dem Fell gewachsen ist.

Bei dem Fund hatte es sich leider um die Farbdose eines Sprayers gehandelt, also um echte Farbe. Der Inhalt ist nun für unser farbenfrohes Schaf wohl ein lange bleibendes Andenken."

McGregor fragte nach: „Um was für einen Farbton handelt es sich eigentlich?"

„Es sollte eigentlich ein `strahlendes Weiß` werden, obwohl wir Schafe doch mit `Wollweiß` doch bereits von Natur aus gut aussehend gesegnet sind", schmunzelte Bunglass. „Doch heraus kam ein ganz anderer Farbton aus der Dose – der war `grell Neon-Grün`! Anscheinend war die Farbe auf der Spraydose wohl falsch deklariert."

Und dieses Mal schüttelten alle an Bord Anwesenden ihre Köpfe.

„Hoffentlich begegne ich diesem Farbschaf nicht sofort, bis ich mich etwas beruhigt habe", sagte McGregor fröhlich. „Ich bin mir nämlich nicht sicher, ob ich mich einigermaßen beherrschen kann."

„Das geht uns wohl allen so", sagte der Kapitän. „Aber aufgepasst jetzt, wir sind gleich da!"

So gelangten die „Seeleute" und die Schafe der Herde allseits im trockenen Zustand aneinander – obwohl den McGregor, den hätten schon gerne einige der Damen trocken gerubbelt. Dabei wäre dann sicher auch die Seesalzkruste auf seiner Haut abgefallen, Bunglass und McGregor waren die reinsten Salzstreuer.

Bunglass schloss seine Tochter Flöckchen in die Arme, zeitgleich auch die Mutter des zarten Geschöpfes – Molly Wolli. Die Schafe weinten vor Rührung, Schafe sind eben auch nur Menschen! Aber trotz großen Dranges, Bunglass auf die Schultern zu klopfen, ließen sie ihm und seiner Familie die Zeit, sich ausreichend zu begrüßen. Ganz anders erging es McGregor.

Hier war ein großes Gedränge um ihn herum, da jede „Dame" die erste sein wollte, um ihn zu begrüßen.

Der Kapitän war mit seinem Matrosen auch kurz an Land gekommen. Auch denen klopften zahlreiche Schafe auf die Schultern, was für die beiden mehr als ungewohnt war. Nach anfänglichem Erstaunen genossen es die beiden sogar, als die heutigen Helden gefeiert zu werden, die unsere beiden Schafe so sicher nach Glencolumbkille gebracht hatten. Und der Matrose opferte vor lauter Rührung noch eine Flasche aus der Geschenkekiste mit dem fantastischen Single Malt.

Mit den Worten „Wann werde ich je noch einmal solch eine unglaubliche Geschichte erleben?" trieb er mit einem lautem „Plopp" den Korken aus der Flasche.

Nicht wenige der Schafe stellten sich in die Reihe derer, die gefragt wurden, ob noch jemand „sich einen genehmigen" will. Wahrscheinlich wären es alle Schafe gewesen, wenn einige nicht so sehr von dem ganzen Ereignis abgelenkt gewesen wären.

Bunglass schmunzelte und dachte, dass die Frage des Matrosen „ziemlich leise" gestellt worden war. Für Bunglass war das der hauptsächliche Grund, warum sich nicht alle Schafe spontan in die Reihe eingeordnet hatten. „So ein Schlitzohr!" dachte auch McGregor, der trotz des Ansturms der Damen alles mit bekam.

Es war spät geworden. Der Kapitän drängte seinen Matrosen zum Aufbruch. Die Schafe sangen ein weiteres Mal heute ein altes gälisches Lied, das ihnen von ihren Vorfahren überliefert worden war.

Dann nahmen Mensch und Tier Abschied voneinander, nicht ohne das gegenseitige Versprechen, sich in naher Zukunft wieder hier zu treffen, um die Feierlichkeiten fortzusetzen. Beim Einsteigen in das Beiboot trat der Matrose doch tatsächlich daneben, so dass er in hohem Bogen ins Wasser stürzte. Na ja, wäre dies sein Matrosenprüfungstag vor dem Wasser- und Schifffahrtsamt gewesen, hätte er wohl einen neuen Termin benötigt. Der Kapitän aber sah laut lachend über dieses Missgeschick hinweg, langte zu und zog den Kopf einziehenden „Duncan" kraftvoll an Bord, so kräftig, dass dieser fast an der Steuerbordseite wieder aus dem Boot geschleudert wäre.

„Keine Angst!" rief der Kapitän den Schafen an Land zu. „Ich lasse Duncan erst in 24 Stunden wieder ans Ruder. Wir wünschen euch noch einen schönen Abend und natürlich eine schöne Zeit miteinander." Nach einigen kräftigen Ruderschlägen erreichten Duncan und Mac ihr Schiff und waren kurz darauf schon außer Sicht.

Am Strand von Glencolumbkille war es laut. Fröhliches „määhh!!" wechselte sich ab mit dem Gesang weiterer Lieder. Anscheinend hatte die Herde ein großes Liedgut von ihren Vorfahren mit auf den Weg bekommen.

Und wieder einmal wunderten sich die Menschen in den nahen Dörfern über die seltsamen Laute, die vom Strand zu ihnen herüber drangen. Wie immer bei solchen Wunderlichkeiten schoben sie es aber auf ihr „Pint mit Guinness oder anderem schmackhaftem Gebräu", das sie vor sich stehen hatten und nicht ihr erstes Getränk war.

Wie damals im November vor ein und einem halben Jahr, als Bunglass und McGregor die Herde besuchten, brannte wieder ein Lagerfeuer am Strand. Die Wellen spülten wie damals weiter den feinen Sand an den Strand, während sich andere diesen wieder ins Meer zurück holten.

Daran hatte sich ebenso wenig etwas geändert, wie die Feierlaune der Schafe von Glencolumbkille, die völlig außer Rand und Band waren. Und als die meisten Schafe bereits schlummerten, ebenso wie Bunglass, Molly Wolli und Flöckchen, da war McGregor immer noch wach, denn ein Ring von Schafdamen umlagerte ihn noch immer, keine von denen wollte die Letzte mit McGregor allein lassen!

... der nächste Morgen in Glencolumbkille

Bunglass erwachte ziemlich früh und schlich sich leise aus der Mitte von Molly Wolli und Flöckchen. Sein Blick suchte McGregor. Fast hätte er laut zu lachen angefangen, so ein zum Schmunzeln geeignetes Bild bot sich ihm. McGregor schlief noch, doch das war nicht das, was Bunglass erheiterte. Rechts und links von McGregor lagen zwei Damen aus der Herde, wahrscheinlich die, die bis zuletzt mit ihm wach geblieben waren – oder?

Bunglass ging näher an die Dreiergruppe heran. Er fand, dass McGregor ein ziemlich zufriedenes Lächeln im Gesicht hatte. Daneben sah er allerdings doch sehr müde aus, die Damen ebenfalls, wenn man dies mal als Kavalier so sagen darf, dachte Bunglass. Auch dachte er an den letzten Besuch in Glencolumbkille. Aus dem war ja seine Tochter Flöckchen hervor gegangen. „Mal abwarten, alter Schotte", sagte Bunglass so vor sich hin. „Wir können wohl schon jetzt gespannt sein, ob auch für McGregor die Beziehung zur Herde in Glencolumbkille „enger" wird."

McGregor und sein „Clan" rührten sich nicht. Bunglass trabte zu einer anderen Gruppe seiner Heimatherde, von der sich ein Schaf nach dem anderen erhob und sofort zu Grasen anfing.

Nach und nach erwachten alle Schafe, McGregor mit Anhang als Letzte.

„Ich wünsche euch allen einen wunderschönen Morgen!" rief McGregor allen zu. Und Bunglass war jetzt voll überzeugt, sein schottischer Freund war voll befriedigt in den neuen Tag hinein erwacht.

Die beiden Freunde umarmten sich und ihre Hufe veranstalteten vor lauter Freude gegenseitig ein Trommelfeuer auf ihren Schultern. Beide schauten sich immer wieder an, und sie konnten kaum an sich halten. Ihr fröhliches Lachen erregte nun auch die Aufmerksamkeit der Schafe, die in langer Reihe links und rechts neben dem Bach mit dem leckeren Süßwasser standen, der in den Atlantik mündete.

Alle hatten großen Durst. Der gestrige Empfang von Bunglass und McGregor mit der damit verbundenen langen Feier hatte ihnen alles abverlangt, nun hatten sie wohl einen ziemlichen Nachdurst.

Nach und nach waren alle Schafe in der engsten Nähe der beiden „Besucher". Alle hatten einige Graseinheiten zum Frühstück genossen, reichlich das klare Bachwasser getrunken und ihre Dehn- und Streckübungen nach der Nacht erledigt. Jetzt waren sie neugierig, was Bunglass und McGregor für neue Geschichten erzählen würden.

Die Schafe bildeten einen sehr großen Halbkreis um die beiden Freunde, an deren Seite sich Molly Wolli und Flöckchen dazu gesellt hatten.

Es herrschte eine große Erwartungshaltung und eine Stille, die jetzt vom Schaf „Mutlos" unterbrochen wurde, gar nicht mutlos. „Lieber Bunglass, lieber McGregor", begann Mutlos. „Bitte erzählt uns doch ein wenig davon, wie es euch in Deutschland ergangen ist, nachdem ihr uns damals nach eurem Besuch bei uns in Glencolumbkille verlassen habt. Was habt ihr erlebt, war es euch nicht ab und zu etwas langweilig, so ohne eure Freunde in der Heimat?"

Bunglass und McGregor sahen zunächst sich, dann Mutlos und dann alle anderen Schafe der Herde an, ziemlich intensiv natürlich Molly Wolli und Flöckchen. McGregor antwortete zuerst:

„Nun denn, es ist immer etwas besonderes, im Ausland zu sein. Aber es liegt auch immer an einem selbst, was man daraus macht. Es war ja von uns so gewollt, deshalb können wir uns nicht beschweren. Aber das können wir so oder so nicht, denn unser Aufenthalt bei unseren Gasteltern Helga und Wuulfgeng war mehr als interessant."

„Genau, lieber Freund", warf Bunglass ein. „Und wenn doch etwas Heimweh nach Schottland eintrat, da haben wir oft die Musik der schottischen Band „Runrig" gehört, die auch zu den Lieblingsmusikern der Gasteltern gehört."

McGregor tappte seinem Freund Bunglass mehrmals auf die Schulter, bis dieser ihn erstaunt ansah.

„Was ist los, McGregor? Habe ich etwas Wichtiges vergessen?" „Das könnte man so sagen, mein Freund. Ich vermisse etwas, das für mich sehr wichtig ist. Kommst du nicht darauf?"

McGregor schaute an sich herunter, und Bunglass fiel mit einem Schlage ein, was McGregor fehlte. „Du meine Güte!" sagte Bunglass. „Darauf hätte ich auch schon eher kommen können! Natürlich habe ich etwas vergessen, das für dich als besonderes schottisches Schaf enorm wichtig ist! Es ist dein Kilt, nicht wahr, dein Kilt, den ich nach unserem letzten Abschied für dich sorgsam verwahrt habe?"

„Du sagst es, es ist mein Kilt. Den würde ich jetzt gerne wieder tragen. Du kennst das ja wohl auch selbst, das mit den Gewohnheiten und so. Der Kilt ist so ein Stück richtige Heimat für mich, mit all seinen Erinnerungen, auch wenn es hier bei euch sehr schön ist und ich mich hier sehr wohl fühle."

Bunglass verschwand wie ein Blitz und war eben so schnell wieder da und stand mit dem Kilt vor seinem Freund McGregor.

„Wenn wir jetzt hier einen Fahnenmast hätten, dann würden wir jetzt eine richtige Aktion mit Flaggenparade bei der Überreichung des Kilts daraus machen", sagte der Schafälteste der Glencolumbkiller Herde.

Und zum Schriftführer der Herde gewandt, ergänzte er mit wichtiger Miene:

„Für das Protokoll: Bei der nächsten Ältestenratssitzung soll die Anschaffung eines Fahnenmastes auf die Tagesordnung gesetzt werden, hast du das?" „Jawohl, Chef!" antwortete der Protokollführer und stand dabei fast militärisch stramm.

Alle Schafe grinsten und Flöckchen rief noch in die lachende Meute hinein: „Wir sollten dann auch gleich über zwei Masten nachdenken. Dann können wir unsere irische und die schottische Gastflagge gleichzeitig hissen, wäre das nicht eine gute und diplomatische Idee?"

Ein begeistertes Klatschen und großes freudiges Gejohle aus vielen Schafkehlen war die Antwort. Ein lautes „Määähhh" lag wie eine große Wolke über der Weide. Und die Kehlen der Schafe wurden auch schon wieder trocken, die nächste Feier lag wohl schon auf der Lauer.

Etwas abseits hatte sich ein Damenclub aus der Herde zusammen gefunden. Diese kicherten und merkten gar nicht, dass sie dadurch, dass sie immer lauter wurden, irgendwie auffällig wurden. Flöckchen fiel da als junge Dame gar nicht weiter auf, als sie sich dieser Plaudergruppe näherte. Und es war sehr interessant für Flöckchen, was sie dort zu hören bekam.

„Also jetzt kann McGregor seinen Kilt ja ruhig bekommen, schließlich haben wir ihn ja bei der Ankunft nackt gesehen", sagte die eine und wurde natürlich sofort von einer weiteren überboten:" Und ich war heute Nacht ganz nah an ihm dran! Ach, was ein toller Bursche!"

„Mach mal halb lang", sagte eine weitere: „Auch ich war heute Nacht dort. Passiert ist bei dir doch auch nichts, das hätte ich gemerkt, denn ich habe überhaupt nicht geschlafen – habe nur so getan."

Flöckchen hörte sehr interessiert zu. Sie war noch jung, hatte den ersten Besuch von McGregor damals ja noch nicht erlebt und das, was sich auch damals schon in den Köpfen der Damenwelt der Herde abgespielt hatte.

Damals hatte man McGregor ja nur in seinem Kilt kennen gelernt und die Damen der Herde hatten sich in erregter Runde gefragt, ob es denn wahr ist, dass Schotten „nichts" unter ihren Kilts tragen, und ob das auch für schottische Schafe gilt. Eine sichere Feststellung hatten sie damals nicht treffen können. Nun ja, auch ohne Frauen – Zeitschriften konnten die Damen in Glencolumbkille ihren Tag gut ausfüllen. Jetzt freuten sie sich alle, dass sie bei diesem Thema wieder eine Wissenslücke schließen konnten.

Bei Bunglass und McGregor hatte sich der Kreis der Zuhörer nicht um ein Schaf verkleinert.

Die beiden Freunde erzählten den Schafen aus Glencolumbkille einige ihrer Abenteuer, die sie in Deutschland erlebt hatten. Die oft längere Zeit ohne Luft zu holen zuhörenden Schafe konnten kaum glauben, was man als Schaf doch alles erleben kann.

„McGregor, mein guter Freund, wir haben für heute genug erzählt", sagte Bunglass auf einmal. Er hatte bemerkt, wie tief die Sonne jetzt schon stand. Sie würde bald untergehen. Das heißt normal für die Schafe nicht, dass dann sofort die Nachtruhe eintritt, aber für alle waren es doch zwei anstrengende Tage und Nächte. Etwas Ruhe und Erholung konnten wohl alle gebrauchen.

Erholung? Das wird wohl nichts! Der Chef des Ältestenrates der Glencolumbkiller Herde erhob sich: „Freunde, etwas können wir uns erholen, denn morgen wird wieder ein anstrengender Tag, und die Nacht wird wohl auch kurz werden. Habt ihr denn nicht in euren Köpfen, was morgen für ein Tag ist?" Ein riesiges Fragezeichen schwebte über der Herde, wenn man ein solches hätte sehen können. Bunglass fing sich als erster. „Du meine Güte, ich war zwar lange weg, aber vergessen habe ich nicht, dass morgen ein ganz besonderer Tag ist, ein richtiger Feier - oder Gedenktag für uns alle!"

McGregor war es jetzt, der ziemlich ratlos zu seinem Freund hinüber sah. Bunglass legte ihm die Hufe auf die Schultern.

„Lass es gut sein für heute, bleib ruhig ein bisschen neugierig bis morgen früh. Dann wirst du alles selbst erleben."

McGregor war es nicht gelungen, schnell einzuschlafen. Er musste zugeben, dass auch ein tapferes schottisches Highland-Schaf unter Neugierde leiden kann. Schließlich fielen ihm aber doch noch die Augen zu. Auch an ihm hatten die letzten Tage genagt. Und nicht nur die letzten Tage hier, die Vorfreude und die Vorbereitungen für die Fahrt nach Glencolumbkille hatten seine Konzentration gemindert. McGregor fiel in den frühen Morgenstunden in einen tiefen traumlosen Schlaf.

So war McGregor denn auch das letzte Schaf, das erwachte. Alle anderen Schafe schienen irgendwie aufgeregt zu sein, und einige standen wohl schon eine ganze Weile um McGregor herum und bewunderten seinen tiefen Schlaf. „Guten Morgen!" rief eine schmunzelnde Schafrunde. „Keine Angst, du hast nichts verpasst. Aber jetzt lass uns zusammen zur alten Hütte am Bach traben. Dort findet heute die jährliche Gedenkfeier statt, die an eine Begebenheit erinnert, die sich bereits vor ungefähr 200 Jahren zugetragen hat. Bunglass ist auch schon dort, also los, komm in die Hufe!"

Mit einem Satz sprang McGregor auf und schloss sich den Schafen an. Er war jetzt voller Erwartung.

An der alten Hütte standen schon fast alle Schafe der Herde und begrüßten McGregor mit einem großen „Määähhh", das weit über die Weidegründe hinweg schallte. „Ausgeschlafen?" rief ihm Bunglass zu und kniff ihm dabei wohlwollend ein Auge zu. „Klar doch", antwortete McGregor. „Ich bin doch schon lange wach, habe mich nur etwas zurück gehalten, um eure Vorbereitungen nicht zu stören, was immer es denn auch sein mag"!

„Um keine Ausrede verlegen, der Schotte!" sagte – ebenfalls wohlwollend – der Chef des Ältestenrates. „Komm zu uns, McGregor. Du wirst nun eines der Geheimnisse der Schafe hier in Glencolumbkille erfahren."

McGregor kam ganz nahe an die Hütte heran. „Ich habe mich gestern bei der Ankunft schon gefragt, was dies hier für eine Bedeutung hat – eine Art Garten, eingezäunt und mit Pflanzen versehen, die ich noch nie gesehen habe, dazu eine Art Tafel, die auf etwas hinzuweisen scheint. Was mich aber am meisten gewundert hat, ist der große rostige Nagel, der wohl auch schon bessere Zeiten gesehen hat. Ich bin sehr gespannt auf die Aufklärung dieser Sache!"

McGregor hatte den Eindruck, dass alle Schaf-Augenpaare auf ihn gerichtet waren. Er konnte doch unmöglich die Hauptperson bei dieser Sache sein, schließlich hatte er nicht die geringste Ahnung, was hier los war und was noch kommen würde.

Methusalem, der Chef des Ältestenrates, ging zur Tafel an der Hütte, wischte den Staub darauf ab und nickte Bunglass zu. „Nur zu, erkläre deinem Freund, der ja eigentlich unser aller Freund ist, was es mit dieser Tafel, dem Pflanzenbeet und dem rostigen Nagel auf sich hat."

Bunglass schmunzelte, als er McGregor ansah: „Ok, mein Freund, wie ich dir schon gestern sagte, lernst du heute ein Geheimnis unserer Herde kennen. Was sage ich, du lernst ein Geheimnis kennen, das schon viele Herden vor uns bewahrt und gepflegt haben. Diese Tafel an der Hütte enthält einen Namen. Kannst du den lesen? Er ist dort vor 200 Jahren hingeschrieben worden."

McGregor beugte sich etwas vor. Die Zeit hatte schon sehr an der Schrift genagt. Schließlich aber setzte er die verblichenen Buchstaben zusammen und las laut vor: „Da steht das Wort Melchior, wenn ich mich nicht sehr täusche."

„Die umstehenden Schafe klatschten Beifall und ein vielfältiges lautes „Määähhh" schallte über die Weidefläche und noch darüber hinaus. McGregor drehte sich zu allen um, in Siegerpose natürlich. „Nun verratet mir aber endlich, was es mit diesem Melchior auf sich hat. Er muss ja etwas ganz besonderes gewesen sein."

Das war das Signal für Methusalem.

„McGregor, Melchior war so etwas wie der Gründungsvater der Herden von Glencolumbkille. Die erste Herde hier hatte ein schönes Leben, sogar die Luft war damals besser als heute. Aber wie das so ist mit einem Paradies, irgendwas kann auch da schief gehen. Bei Melchior war es eben dieser rostige Nagel, den du da vor dir siehst. Der Nagel war nämlich schon damals rostig. Melchior war daran hängen geblieben und hatte sich eine tiefe Fleischwunde zugezogen. Diese Wunde hatte sich entzündet. Melchiors Zustand wurde immer schlechter, die Herde war ratlos und fürchtete, Melchior zu verlieren."

Ein Stöhnen ging durch die Reihen der versammelten Schafe. Eigentlich war davon niemand ausgenommen. Diese Geschichte, schon oft und jährlich erzählt, ging immer wieder nahe, so oft man sie auch schon gehört hatte.

„Eines der damaligen Schafe", fuhr Methusalem fort, „hatte die rettende Idee, zumindest war es eine Hoffnung. Das Schaf hatte von einem anderen Schaf, das damals auf Wanderschaft war und bei der Herde von Glencolumbkille vorbei kam, gehört, dass es ein uraltes Kloster gab. Dort würden Mönche leben, die sich mit allen möglichen Heilpflanzen auskennen.

„Aber das sind doch Menschen!" hatte man geantwortet: „Wie soll das denn gehen, wie sollen die uns helfen, wie sollen wir uns denn verständlich machen?"

Das reisende Schaf blickte damals die Herde geduldig an und sprach zu ihnen: „Ich selbst habe dort eine lange Zeit gelebt. Ihr könnt mir glauben, wenn Menschen sich Mühe geben, dann können sie auch Schafe verstehen. Vertraut mir, denn ich werde ein oder zwei Schafe von dort aus schicken, die sich auf den Weg zu euch machen. Sie werden euch spezielle Heilpflanzen mitbringen, die Melchior hoffentlich helfen können, so es Gott gefällt. Von den Mönchen habe ich nämlich gehört, dass vor Gott alle Menschen und Tiere gleich sind, und das glaube auch ich."

„Melchior war damals schon sehr schwach", flüsterte Bunglass seinem Freund McGregor zu. „Und da musste natürlich wirklich alles versucht werden."

„Recht so, Bunglass!" sagte Methusalem. „Und wie wir alle hier wissen, ist es so auch tatsächlich damals geschehen. Das Schaf hat sein Versprechen gehalten. Nach schon relativ kurzer Zeit trafen hier in Glencolumbkille die Heilkräuter des Klosters „Clonmacnoise", das im Übrigen bereits aus dem 9. Jahrhundert stammt, ein. Vom Kloster aus waren zunächst zwei Schafe los getrabt, bis zur nächsten Herde. Von da aus ging es wie bei einem Staffellauf zu.

Von Herde zu Herde wurden die Heilkräuter weiter gereicht, bis sie letztendlich hier bei Melchior ankamen."

„Du meine Güte", rief McGregor: „Das ist ja ein Ding, ich bin fast sprachlos, was mir sehr selten passiert."

„Das kann ich nur bestätigen", warf Bunglass ein: „Aber du siehst, mein lieber Freund, auch Schafe haben ihre Geheimnisse, auch wenn dies nicht alles in Büchern geschrieben steht, wie das bei den Menschen der Fall ist. Aber auch so kann man alles überliefern, von Herde zu Herde, bis heute, als du dieses hier erfahren hast."

„Was ist denn mit Melchior passiert, ist er wieder gesund geworden?" fragte McGregor.

Der Chef der Herde gab die Antwort: „Genau das ist passiert, Melchior wurde wieder gesund. Die Heilkräuter der Mönche haben wie ein Wunder gewirkt. So wie Melchior ausgesehen hatte, als ob er es nicht mehr bis zum nächsten Morgen schaffen würde, da war es für uns jedenfalls wirklich wie ein Wunder. Nach einer Woche stand Melchior wieder auf seinen Hufen. Ein großes Fest wurde gefeiert, das größte in damaliger Zeit, wie wir gehört haben."

Methusalem fuhr fort: „Zur Erinnerung an das damalige Geschehen, wurde eine Erinnerungstafel an dieser Hütte angebracht, vor der wir jetzt alle stehen. Und den Nagel, den gibt es daran auch heute noch."

Jetzt mischte sich auch McGregor noch ein, der seine Sprache wieder gefunden hatte. „Jetzt verstehe ich das auch alles und sogar, was es mit dem kleinen Gartenbeet auf sich hat. Ich sehe, dass dies ja alles Kräuter sind. Gehe ich recht in der Annahme, dass dies Kräuter aus dem Kloster sind?"

„Da hast du völlig recht. Dies sind die Kräuter, die vom damaligen Heilkraut für Melchior nachgewachsen sind. Wir schmeißen nichts weg, im Gegenteil. Ganz unten sind immer die ältesten der Kräuter. Wenn diese auch fast zerfallen, sie enthalten immer noch diese Heilkraft. Wir mischen das Pulver mit etwas Wasser, und wir haben so eine schöne Salbe, wenn einer von uns mal wieder eine böse Wunde hat. Bis jetzt hat uns diese Salbe immer dabei geholfen, dass nichts Schlimmes passiert ist."

McGregor konnte nur staunen, nicht nur über so viel Klugheit der Schafe von Glencolumbkille, auch darüber, dass sich Geschichten über einen so langen Zeitraum erhalten können. Das kannte er bisher nur von den Menschen, bei denen er mit Bunglass zusammen in seiner deutschen Gastfamilie mal im Internet gestöbert hatte. Dieses Geheimnis der irischen Schafe würde er dort sicher nicht finden; ätsch, alles weiß das „Netz" auch nicht, freute er sich.

Die Schafe freuten sich allesamt. Sie brachen in Jubel aus, tanzten quer über die Weide, tanzten also ihren eigenen „Querdance"!

Das laute „Määähhh" der freudig erregten Schafe schallte noch lauter als vorhin, übertönte das Rauschen der Wellen am Strand von Glencolumbkille und wollte gar nicht enden.

McGregor und Bunglass sahen sich an und wussten beide im selben Augenblick, dass sich jetzt wieder ein historisch großartiges Fest ereignen würde, mit wenig Schlaf und allem, was dazu gehört. Und natürlich freuten sie sich darauf.

So geschah es denn auch. Es trafen noch weitere Schafe von benachbarten Herden ein. Weit mehr Schafe würden zu diesem jährlichen Fest gerne kommen, aber wie sollten sie dies denn ihren Schäfern deutlich machen. Das Verständnis von Mensch und Tier ist eben nicht überall so gut, wie dies in Glencolumbkille der Fall ist. Die Schafe hier leben fast ohne jede Aufsicht in fast völliger Freiheit.

Zur Vermeidung von Wiederholungen sei hier nun nur noch gesagt, dass es „natürlich" wieder zu einem riesigen Fest der Schafe kam. Erinnert sei nur an das Fest zur Begrüßung von McGregor. Schafe sind eben immer in Feierlaune.
Die Stimmung blieb den ganzen Tag über hoch, das fiel allen nicht schwer.

Einmal ging es dennoch „besonders" laut zu. Ein ganzes Rudel Schafe stand am Bach, der an der alten Hütte vorbei fließt.

Die Schafe dort schüttelten sich vor Vergnügen. Sie waren so laut, dass Bunglass und McGregor auf sie aufmerksam wurden. Die beiden trabten zu ihnen hinüber. Sie hörten immer wieder ganz deutlich das Wort „salzig". Einige Schafe tranken aus dem Bach, schüttelten sich und riefen danach wieder „salzig!".

Bunglass hatte schnell begriffen, worum es bei dieser Runde ging. Er klärte seinen fragend blickenden Freund auf. „McGregor, du wirst gleich wissen, was für einen Spaß diese Truppe hier hat. Es ist schon sehr viele Jahre her, als eine von weit angereiste befreundete Herde hier war, um an unserem Fest teil zu nehmen. Diese Herde war so fasziniert von der Geschichte mit dem Nagel und Melchior, dass sie vor Rührung so viele Tränen vergoss, dass der Bach noch einige Meter weiter einen salzigen Geschmack hatte."

„Bunglass, du willst mich auf den Arm nehmen", lächelte McGregor erst wohlwollend und legte dann seinen Kopf schief, um Bunglass etwas strenger anzusehen.

„Also so genau ist das geschichtlich nicht gesichert. Hier ist es leider schade, dass es keine schriftlichen Aufzeichnungen gibt oder ein Foto."

„Aber es ist eine sehr gute Geschichte, die mir super gefällt. Eigentlich ist es egal, ob das damals wirklich so gewesen ist.

Ich werde auch gleich probieren, ob noch etwas Salz im Bach ist", sagte McGregor und hielt sich vor Lachen den Bauch.   Die anderen Schafe schlossen sich dem auch gleich wieder an.   Alle schöpften jetzt etwas Wasser aus dem Bach und riefen danach, sich heftig schüttelnd, „salzig!".

Der Tag neigte sich dem Ende zu, das geschah auch mit dem Abend, der nahtlos in eine schöne Nacht über ging, bis auch das letzte Schaf selig schlummernd auf der Weide lag und sich den Träumen dieser Nacht hin gab.   Ab und zu schallte ein lautes Kichern durch die Nacht, ob das Wort „salzig" auch zu hören war, ist nicht gesichert, aber wohl zu vermuten.

Es war eine schöne Zeit für alle Schafe auf den Weiden von Glencolumbkille. Viele Geschichten wurden erzählt. Dabei wechselten sich die älteren Schafe der Herde, die viel Neues aus der „alten Zeit" vortrugen, mit Bunglass und McGregor ab. Die ihrerseits erzählten Geschichten aus ihrer Zeit in Deutschland und von den Abenteuern, sie sie bei ihrer Gastfamilie erlebt hatten. Besonders die noch jüngeren Schafe hörten wie gebannt zu.

Einige Wochen später lagen Bunglass und McGregor auf dem Rücken und sahen den Wolken zu, die unaufhörlich neue Figuren erschufen und unsere beiden Schafe zu einem Wettstreit aufriefen, was da wohl für Gebilde am Himmel fliegen. Der Wettstreit machte Bunglass und McGregor großen Spaß. Sie überboten sich an Fantasie. Es ging unentschieden aus.

Dann glitten ihre Blicke zur nahen Hecke, die in ein knalliges gelb getaucht war. Dort waren andere Tiere emsig bei der Arbeit. McGregor und Bunglass sahen den Bienen zu, wie diese unermüdlich eine Blüte nach der anderen besuchten. Die Bienen schienen dies zu bemerken, denn eine – wahrscheinlich die mutigste von ihnen - flog zu den Schafen hinüber, setzte sich genau vor sie hin und blickte ihnen direkt in die Augen.

„Angst scheint die Kleine ja nicht zu haben", schmunzelte McGregor.
Und Bunglass entgegnete: „Warum sollte sie auch.

Wir sind doch auch schließlich friedliche Burschen, wenn man uns nicht gerade bis aufs Blut reizt." „Ob die Biene wohl riecht, dass auch wir Tiere sind?" „Bunglass antwortete sofort: „Wir können ja mal das Deo von Wuulfgeng benutzen. Vielleicht hält sie uns dann für Menschen und ist etwas vorsichtiger."

Die Biene kam noch ein Stück näher an die Schafe heran, bewegte ihren Kopf hin und her, als ob sie etwas sagen wollte, als ob sie das Experiment verstanden hätte und flog dann nach einem letzten freundlichem Blick zur nächsten Blüte.

Bunglass warf jetzt McGregor einen Blick zu. „Höre mal, mein Freund, wie wäre es, wenn auch wir mal nach diesen Faulenzerwochen wieder etwas an die Arbeit gehen. Wir suchen uns eine sinnvolle Beschäftigung. Was meinst du dazu?"

McGregor schaute erst verwundert, dann meinte er: „Du hast dabei doch bestimmt schon etwas im Auge. Ich bin sehr gespannt, was in deinen Gedanken vor sich geht, aber es wird mir sicher gefallen!"

„Ok, hier ein Vorschlag von mir", sprudelte es aus Bunglass heraus. „Wir sind doch schon oft so richtig in der Welt unterwegs gewesen, jedenfalls wie das für uns als Schafe aussieht. Die meisten von uns kommen ja nicht weit herum, außer auf ihrer Weide." McGregor hatte eine Idee und unterbrach seinen Freund.

„Soll das heißen, dass wir uns wieder in neue Abenteuer stürzen? Werden wir Glencolumbkille in naher Zeit verlassen? Aber nun sag schon, welche Idee schwirrt in deinem Kopf herum?"

Bunglass ließ mit seiner Antwort nicht lange auf sich warten: „Wie gesagt, wir beide haben schon eine Menge gesehen, was unseren anderen Freunden bisher nicht vergönnt war. Wie wäre es denn, wenn wir ein „Reisebüro für Schafe" eröffnen? Dann können wir auch anderen Schafen zeigen, dass es noch viele andere schöne Dinge gibt, als ihre Weide."

Es war schon mehr als ein normales Fragezeichen, das über McGregor schwebte. Es war schon ein riesengroßes Fragezeichen, das dort dem Himmel entgegen zu schweben schien.
„Du meine Güte, Bunglass! Ideen hast du, das muss man dir lassen, aber sie gefallen mir!"

„McGregor, ich habe von unseren Gasteltern im Münsterland gehört, dass die im Bekanntenkreise jemanden kennen, der ein Reisebüro hat. Der Besitzer hat auch zwei Hunde. So könnten wir uns mit dem Besitzer unterhalten und auch mit seinen Hunden. Die Erfahrungen daraus werden uns sicher weiter helfen, ob sich diese Idee auch verwirklichen lässt."

„Eine tolle Idee jagt die andere", meinte McGregor, fast sprachlos und kopfschüttelnd.

„Aber das sollten wir auf jeden Fall einmal probieren. Wir sollten diesmal „mit" unseren Freunden zu neuen Abenteuern aufbrechen. Wenn alles geklärt ist, kommen wir zurück nach Glencolumbkille und zeigen unseren Freunden hier mehr von der Welt." Im engsten Kreise der Familie mit Molly Wolli, Flöckchen und dem Schafältesten Balthasar wurde dieser Plan erörtert und für gut befunden.

Alle wussten natürlich auch, dass es wieder einmal einen Abschied der beiden Freunde von Glencolumbkille bedeuten würde. Noch schwerer fiel Bunglass der Abschied von Molly Wolli und Flöckchen. Aber schon einmal hatten die beiden vollstes Verständnis dafür gezeigt, dass auch Schafe Abenteuer erleben und sich weiter bilden wollen.

Bunglass und McGregor bekamen den familiären und herdenmäßigen Segen für ihre Idee. Und es dauerte dann auch nicht lange, da wurde ihre Rückkehr nach Deutschland vorbereitet, natürlich sollte es auch ein großes Abschiedsfest – wie immer – geben.
Nur einmal kam noch ein Gedanke auf, wie das mit den „Reisen" denn überhaupt gehen sollte, wenn auf McGregor noch immer ein Kopfgeld der britischen Metzger ausgeschrieben war. Ihre Reisen dürften dadurch sehr eingeschränkt sein. Schottland fiel komplett aus, und wie weit würden die Arme der Verfolger reichen, gibt es doch schließlich in jedem Land Metzger, vielleicht auch Verbindungen untereinander?

Bunglass und McGregor beschlossen, erst einmal einen Anfang zu machen indem sie zu ihrem sicheren Hort nach Deutschland zu ihren dortigen Gasteltern Helga und Wuulfgeng reisen. Mit denen würde dann auch alles Weitere beredet werden - und natürlich auch mit dem dortigen Reisebüro, dessen Besitzer und seinen Hunden.

Per Sonderflug sollten Bunglass und McGregor wieder von Irland nach Deutschland gelangen. Und so geschah es auch.

...zurück in Deutschland - im Münsterland

Bunglass und McGregor waren mehr als nur aufgeregt. Bereits kurz nach ihrer Ankunft erzählten sie ihren Gasteltern ihre neuen Pläne. Über nichts konnten die sich bei den Schafen noch wundern und waren ebenfalls begeistert. „Das ist eine tolle Idee von euch, und auch gleich mit den Hunden vom Reisebüro zu sprechen, das wird sicher auch sehr interessant sein, was die euch von ihren Reisen erzählen können", sagte Helga. Und Wuulfgeng meinte noch: „Ihr habt ja schon jede Menge Erfahrung mit Hunden, wenn ich mich an die Geschichte mit den Hütehunden bei Schafherden erinnere." „Ja", rief Bunglass begeistert: „Auch wenn wir uns fast mit allen Tieren verstehen, mit den Hunden kennen wir uns wirklich schon besonders gut aus. Da wird es sicher keine Probleme geben, und wir freuen uns schon auf den Gedankenaustausch mit ihnen."

Bereits am nächsten Tag stand eine Besprechung im Reisebüro an. Der Chef vom Reisebüro war ebenso von der Idee, die auch sein Angebot erweitern würde, völlig begeistert. Die Schafe verstanden sich auf Anhieb mit den beiden Hunden, die ebenfalls mit im Reisebüro arbeiteten. Ihre Arbeit war jedoch nicht mit Hektik verbunden.

Sie lagen die meiste Zeit hinter dem Chefsessel und hielten dezent Wache, wobei die meiste Zeit verschlafen wurde, was ihnen aber wohlwollend als „Arbeitszeit" angerechnet wurde.

Zur Freude von Bunglass und McGregor stellte sich auch heraus, dass das Reisebüro eine sehr große Erfahrung hat und nicht nur Mosel-Reisen im Angebot. Helga und Wuulfgeng hatten sich vor Lachen fast nicht mehr einkriegen können, als die Schafe dies anfangs gedacht hatten, weil das Reisebüro eben so hieß – wie ein Fluss in Deutschland. Zur Meisterung der bürokratischen Hürden würde das „Fluss-Reisebüro" Bunglass und McGregor gern und hilfreich zur Seite stehen.

Sehr frohgelaunt endete die Besprechung. Bunglass und McGregor informierten noch auf dem Rückweg telefonisch ihre Gasteltern, dass sie bereits jetzt schon Pläne haben, wie und wo sich Urlaube mit anderen Schafen anbieten könnten.

Freudig riefen sie in den Hörer: „Wir können uns gut vorstellen, dass wir uns zusammen mit euch im nächsten Urlaub in Südtirol in Norditalien mal die Gegend und die dortigen Möglichkeiten ansehen. Da wird sich sicher einiges ergeben, was wir in unsere Pläne mit einbeziehen können".

Bereits am nächsten Morgen brachten Bunglass und McGregor dieses Thema wieder auf den lecker gedeckten Frühstückstisch. Helga sah die beiden Schafe lachend an und sagte: „Das habe ich mir schon gedacht, dass eure neuen Pläne sofort heute weiter besprochen werden. Ihr seid ja beide nicht zu halten, wenn es um neue Ideen geht!"

„So ist es", antwortete McGregor. „In unserem Alter muss man eben schon schnell handeln, bevor das Gedächtnis eine gute Idee wieder vergisst!" Bunglass lachte laut los: „Ein prima Scherz am frühen Morgen, mein „Alter", dann beeile dich mal, uns zu erzählen, was dir im Traum so alles eingefallen ist!"

„Ok, mir ist eingefallen, dass es in Norditalien auch viele Schafe geben soll. Wie wäre es denn, wenn wir mal mit denen einige Zeit auf einer Alm verbringen, bevor wir unsere ersten „Schaf-Kunden" in den Urlaub schicken?"

„Das ist sicher eine sehr gute Idee, bevor ihr euch in zu fremde Abenteuer wagt. Gute Reiseleiter, die ihr dann ja seid, müssen immer vorab wissen, was auf einen zukommt und natürlich besonders auf die ihnen angetrauten Kunden", wagte Wuulfgeng einen Einwurf.

„Eine gute Idee, das sollten wir unbedingt so machen", rief McGregor begeistert aus. „Ich habe gehört, dort gibt es auch Berge und Täler, vielleicht so ähnlich wie in unseren Ländern Irland und Schottland. Die Berge sollen dort aber bedeutend höher sein. Schließlich müssen wir erkunden, ob unsere Heimatschafe auch Berg-tauglich sind, denn solche Höhen sind die ja nicht gewohnt. Wann fahrt ihr noch gleich das nächste Mal nach Italien in den Urlaub?"

Wuulfgeng und Helga sahen sich an, die Antwort ließ nicht lange auf sich warten: „Da brauchen wir gar nicht lange zu warten, denn einen Urlaub haben auch wir mal wieder nötig.

Wir rufen einfach mal in unserer Lieblings- Pension an und fragen nach, ob dort etwas frei ist."

„Aber bis zum nächsten Tag sollten wir damit schon noch warten", sagte Wuulfgeng. „Denn so einiges haben wir vorher noch zu bedenken, und außerdem muss ich mich noch informieren, wann ich im Büro entbehrlich bin. Da trifft es sich doch gut, dass wir dort sowieso noch vor hatten, den weiteren Jahresurlaub zu besprechen."

Zwar kaum in der Lage, noch bis Morgen zu warten, nickten Bunglass und McGregor, Helga auch – und Kater Moritz schmunzelte dazu.
Freute Moritz sich etwa schon darauf, mal wieder Haus und Grund für sich allein zu haben – oder wollte er vielleicht mit?

Der nächste Morgen begann dann eben noch früher als sonst, denn die Schafe liefen draußen laut blökend auf der Weide auf und ab, bis ihre Gasteltern grinsend auf der Terrasse erschienen.
„Ist ja schon gut. Wir wissen ja, dass ihr beide es kaum erwarten könnt, dass es los geht", sagte Wuulfgeng. „Ich fahre auch gleich ins Büro, um die nötigen Terminabsprachen zu treffen. Danach sehen wir weiter!"

Bunglass und McGregor sahen ein, dass es anders auch gar nicht ging. Sie legten sich ins Gras und stellten sich in Gedanken schon mal vor, wie ein Urlaub im Gebirge aussehen könnte. Sie freuten sich jetzt schon riesig auf ihre neuen Abenteuer.

Und all ihre Nerven meldeten sich, begierig darauf, ihre ersten „Reisegäste" in einen richtigen Urlaub führen zu dürfen, und es kribbelte ihnen gewaltig vom gekräuselten Haupthaar bis ins Ende ihrer Hinterhufe.

Die Zeit zu überbrücken, bis sie erfahren würden, wann ein Urlaub beginnen konnte, dabei half ihnen ein Nickerchen. Als die Schafe erwachten, waren Stunden vergangen. Überrascht von ihrem langen Schlaf sahen sie Wuulfgeng ums Haus herum kommen. Aufgeregt trabten sie auf ihn zu.

„Wie sieht es aus? Können wir bald nach Italien fahren? Bekommst du den Urlaub?" riefen die Schafe fast gleichzeitig aus. In vielen Dingen brauchten sie sich vorher gar nicht abzusprechen, das merkten sie immer öfter.

Bunglass und McGregor standen so unter Spannung, ein Knistern lag in der Luft, und vielleicht hätte man aus ihrem elektrisierten Fell sogar Strom gewinnen können. Wuulfgeng und Helga genossen die fragenden Blicke der Schafe einige Augenblicke lang, dann kam für sie die Erlösung.

„Wir können im nächsten Jahr Ostern nach Italien starten", sagten jetzt wie aus einem Munde ihre Gasteltern und Helga ergänzte noch: „In unserer Pension in Glurns ist zum Glück auch ein Zimmer für uns frei. Dort ist auch eine große Wiese, wo ihr beiden sehr gut aufgehoben seid. Es wird euch gefallen!

Bei schlechtem Wetter könnt ihr im Fahrradkeller oder in einem Zelt übernachten. Dort ist also für alles gesorgt und gut vorbereitet!" Jetzt ist das Jahr schon zu weit fort geschritten. In Norditalien rechnet man schon bald damit, dass Schnee fällt. Da kann man in den Bergen nicht mehr viel machen, und Ski-Fahren wollt ihr doch sicher nicht. Außerdem ist bald Weihnachten, und das wolltet ihr doch unbedingt einmal bei uns Menschen erleben."

„Das ist richtig", sagte McGregor. „Bei uns Schafen kennen wir das ja nicht. Ich denke, auch Bunglass wird zustimmen, dass wir so lange hier bleiben und dann erst wieder einmal nach Irland zurück kehren, bis wir unsere Pläne in Italien auch durchführen können."

„Das ist völlig in Ordnung", meinte Bunglass. „Ich freue mich ja eigentlich schon wieder auf meine kleine Familie und auf alle meine Schaffreunde in Glencolumbkille. McGregor wird ja auch dort mit Sicherheit wieder sehnsüchtig erwartet!" Dabei grinste Bunglass über das ganze Gesicht, und McGregor wusste sofort, was gemeint war. Auch er lachte vergnügt und rief: „So lasst uns dann alles so machen, wie besprochen. Weihnachten, du kannst kommen, was immer du auch bist!"

Und Bunglass ergänzte: „Auch wenn die Sehnsucht nach Irland groß ist, wir werden uns alle einigen, dass wir zunächst hier in Deutschland bleiben. Vielleicht bekommen wir ja Besuch, wäre schön!"

Das hatte die „Jahreszeit" wohl gehört, denn Weihnachten kam jetzt mit Riesenschritten auf Bunglass und McGregor zu.

Die Menschen erzählten sich plötzlich sehr viel, was mit Weihnachten zu tun hat. Die Schaufenster sahen anders als sonst aus. Bunglass und McGregor staunten über den Lichterschmuck in den Straßen. Irgendwie lag eine besondere Stimmung über allem. Die beiden hielten Augen und Ohren auf und schnappten tatsächlich auch viel auf, was für sie alles neu war. Die Worte Kirche und Christmette hörten sie da zum Beispiel. Herausgefunden hatten die beiden schon, dass eine Kirche einen Turm hat, der weithin sichtbar rief: „Nun kommt schon her zu mir!" Sie hörten den Turm zwar nicht direkt sprechen, aber Helga erzählte ihnen, dass eben die Sprache des Turmes seine Glocken sind.

Nachdem der Turm mal wieder „gerufen" hatte, machten sich Bunglass und Mc Gregor auf den Weg. Sie hatten Glück, denn die Tore der Kirche waren jetzt weit geöffnet. In der Kirche drinnen war zu ihrem großen Erstaunen doch tatsächlich eine Krippe aufgebaut, die auch so aussah, wie die Schafe es sich in Büchern angesehen hatten. Die Krippe war riesengroß! Bunglass und McGregor erkundeten alles, was dort aufgebaut war. Natürlich gefiel ihnen auch das schöne Stroh, das wohl gerade erst frisch aufgeschüttet worden war. Da hörten sie plötzlich Stimmen.

Die Stimmen kamen vom Eingang der Kirche her und wurden lauter!

Bunglass flüsterte McGregor zu: „Kommen jetzt etwa all die Leute, die sich laut dem schlauen Buch, das die Menschen Bibel nennen, „zählen" lassen sollen?"
McGregor zuckte nur die Schultern. Was sollten Bunglass und McGregor jetzt tun? Weglaufen ging jetzt nicht mehr.

Nun, schließlich war der 24. Dezember. Und das ist nun mal der „Heilige Abend". Da ist die Kirche eben voller als sonst; da kommen eben viele Leute zum Gottesdienst. McGregor flüsterte: „Wir werden ganz still stehen bleiben, und vielleicht bemerkt man uns ja nicht!"
Schließlich passten die beiden Schafe ja auch zum Outfit einer Krippe, denn zur Weihnachts-Geschichte gehören ja auch Schafe. Und wie viele von denen damals bei der Geburt Jesu dabei waren, das wusste heute auch niemand mehr so genau.

Die Kirche füllte sich mächtig und Bunglass und McGregor wurden auf eine harte Probe gestellt. Es ist ziemlich schwer, sich nicht zu bewegen. Erst recht ist es sehr schwer, sich nicht zu bewegen, wenn viele Augen auf die Krippe schauen. Und Weihnachten dauert so ein Gottesdienst schon so seine Zeit.

Irgendwann musste McGregor niesen!

Da gerade ein ziemlich lautes Lied gesungen wurde, waren zwar einige Kirchenbesucher irritiert, schließlich hielt man es aber für ein menschliches Niesen. Bei einem weiteren Niesen, diesmal von Bunglass, wurde die Gemeinde jedoch unruhig. Wohl ansteckend – wie es beim Gähnen einmal ist – kam es nun in der Kirche zu einer regelrechten Nies-Attacke.

Ein kleiner Junge, der auf dem Schoß des Vaters saß, rief: „ Guckt mal, das Schaf hat sich bewegt!" Wie es oft so ist, leider wurde einem Kinde nicht gleich geglaubt. Nachdem McGregor nun dem Jungen ein Auge zukniff, wiederholte sich das Kind: „Das Schaf hat sich schon wieder bewegt und mir mit dem Auge zugeblinzelt!"

Der Vater des Kleinen wurde nun ganz unruhig.

Die anderen Besucher wussten auch nicht genau, wie sie sich verhalten sollten. Man entschloss sich allgemein, dass dies nicht sein kann, dass Krippen-Schafe blinzeln und wendete sich wieder dem Gesang des nächsten Liedes zu.

Bunglass und McGregor hatten das alles ganz aufmerksam verfolgt. Da die beiden Schafe inzwischen auch nicht mehr länger still stehen konnten, beschlossen sie, die Sache nun selbst zu beenden.

Und die Schafe w u r d e n   l e b e n d i g !

Bunglass und McGregor schritten aus dem Krippenspiel heraus und gingen zum Pastor, um die Sache aufzuklären und um Entschuldigung zu bitten. Man kann sich wohl vorstellen, wie dies auf die Gemeinde wirkte! Atemlose Stille herrschte, bis die Schafe und der Pastor die Sache besprochen hatten.

Bunglass und McGregor durften für den Rest der weihnachtlichen Christ-Feier in der ersten Reihe sitzen. Einen Höhepunkt des gemischten weihnachtlichen Gottesdienstes war für unsere Schafe nun die Sammlung für einen guten Zweck.

Bunglass und McGregor gingen nämlich mit einem Sammel-Teller durch die Reihen der immer noch fassungslosen Menschen, die immer noch nicht sehen und hören wollten oder konnten, was sich vor ihren Augen und Ohren abspielte.

Aber - gab es nicht schon viele Wunder, gerade auch zur Weihnachtszeit? Vor allem die Kinder hatten ihren Spaß an unseren beiden Schafen. Noch nie hatte es einen so fröhlichen, abwechslungsreichen und ungezwungenen Gottesdienst gegeben.

Menschen und Schafe trabten nun nach Hause. Alle hatten ihren Angehörigen daheim wohl auch einiges zu erzählen.

Dann kam doch noch alles ganz anders!
Die Schafe würden doch noch nach Glencolumbkille
fliegen - die Familie bzw. die Herde besuchen. Das
war ein sehr schönes Geschenk zu Weihnachten.

Bereits einige Tage später fuhren Bunglass und
McGregor zusammen mit ihren Gasteltern Helga
und Wuulfgeng zum nahen Flugplatz. Verabredet
waren die beiden Schafe mit einem Piloten, dessen
Flugzeug sich bestens für den Transport der Schafe
eignet und dessen Flugkünste die Schafe bereits
einmal in Anspruch genommen hatten. Nach
herzlichem Abschied und der Option auf das
Wiedersehen im nächsten Jahr zur weiteren
Planung des Schaf-Reise-Büros hob das Flugzeug
ab und ließ winkende Menschen zurück.

In Irland wurden Bunglass und McGregor bereits
sehnsüchtig erwartet. Molly Wolli und Flöckchen
freuten sich besonders auf Bunglass, der örtliche
Club der Schaf-Damen auf McGregor, dem wieder
ein Verwöhnurlaub bevorstand.

Der Winter ging ins Land, das Frühjahr brach an,
und Bunglass und McGregor machten sich schon
wieder reisefertig. Alles war abgesprochen, so gab
es nur einen kleinen Kummer bei den Schafen von
Glencolumbkille. Eine traditionelle Abschiedsfeier
war natürlich nicht zu vermeiden, aber dann war es
soweit, dass das Flugzeug wieder einsatzbereit war
und Bunglass und McGregor nach Deutschland
zurück brachte.

Münsterland, Samstag vor Ostern, 9.12 Uhr

- Das Unternehmen „Schaf-Reise-Büro" startet! -

Die Zeit war wie im Zeitsprung vergangen. Koffer und Rucksäcke waren gepackt und im Auto verladen. Bunglass und McGregor machten es sich auf den Rücksitzen bequem. Es ist eine ziemlich lange Fahrt nach Italien; vorsichtshalber schliefen sie erst einmal ein und erwachten erst beim Nachtanken in Nürnberg. Aufgeregt wie sie waren, hatte dies auch Auswirkungen auf ihre Blasen, die doch etwas nach Befreiung drängelten.

Auf Rastplätzen gibt es ja nicht nur Tankstellen mit weiterem Service, sondern auch viele Freiflächen zum Entspannen, also Wiesen- und Waldstücke. Bunglass und McGregor stiegen also aus dem Auto und ließen immer mehr höchst erstaunte Menschen auf ihrem Weg zum Waldrand zurück. Das Gemurmel der Menschen schwoll an und war schon bald lauter als es die Geräusche auf der Fahrbahn der Autobahn vermochten.

„Augustine", rief ein betagter Herr seiner Frau im Auto zu: „Steig schnell aus und schau dir doch einmal dieses hier an. Man glaubt es nicht, da gehen doch tatsächlich zwei Schafe auf zwei Beinen daher! Muss ich zum Optiker oder war ich zu lange am Steuer und mein Wahrnehmungsvermögen hakt?

Und bringe bitte den Fotoapparat mit, wer soll uns dies sonst glauben?"

Als sich Bunglass und McGregor, die dieses natürlich gehört hatten, kurz umdrehten und auch noch in ihrem langsam recht gutem Deutsch dem besagten Ehepaar zuriefen: „Wir kommen sofort zurück, dann können sie ihr Beweis-Foto machen", sahen die Zwei sich mehr als fassungslos an.

Das war der Augenblick, wo sich zwei weitere Menschen an ihre Autos lehnten, drohend in Gefahr, schwankend bis auf den Boden zu sinken. Die Schafe verschwanden in diesem Augenblick aus dem Sichtbereich der anderen Rastenden.

Gut erzogen, wie sie sind, wollten sie diskret hinter die Bäume verschwinden, ganz entgegen ihren normalen Schafgewohnheiten, gleich die Wiese zu benutzen. Neugierig – wie Menschen nun einmal sind – fassten einige von ihnen den Entschluss, der Sache nachzugehen und folgten den Schafen.

Was mochten die neugierigen Menschen wohl denken?

Was mochten für Gedanken in ihren Köpfen kreisen, als die nun wieder Sicht auf Bunglass und McGregor hatten? Hätten sie etwas im Munde gehabt, es wäre ihnen heraus gefallen, jede Wette! Wären sie nicht so komplett sprachlos gewesen, sie hätten laut geschrien! Was sie sahen?

Bunglass und McGregor sind in ihrer Zeit bei den Menschen schon sehr menschlich geworden. Das Gehen auf zwei Beinen ist bekannt, die menschlichen Sprachkenntnisse – zumindest im Muttersprachen- und Deutschsprachenbereich – auch, was die Menschen aber nun sahen, das war wohl noch keinem in seinen kühnsten Träumen vorgekommen. Es war aber auch ein Bild für die Götter, wie man so sagt, aber wohl unbegreiflich für eigentlich jedes Lebewesen, ob auf der Erde oder in anderen Gefilden.

Wie Schafe ihre dringenden Geschäfte verrichten, dürfte bekannt sein, auch wenn wohl so mancher Stadtmensch dies noch nie erlebt hat. Was sich aber hier, etwas abseits der Raststätte, abspielte, wird wohl in Anspruch nehmen können, erstmalig für die Menschheit erlebbar und sichtbar zu sein. McGregor und Bunglass standen vor einem großen Baum. Die beiden waren voll entspannt.

Fast menschlich, aber mit je einem Vorderhuf lehnten sie lässig am Baumstamm und taten das, wonach ihnen war. McGregor hielt dabei seinen schottischen Kilt mit großer Sorgfalt ein Stück zur Seite, damit mit dem nichts passiert. Schließlich hat er nur den einen. Ob er in dieser Situation über einen zweiten Ersatz-Kilt nachdachte? Bunglass und McGregor waren nicht erfreut über die Neugierde der fremden Menschen, die ihnen in „ihrer höchst privaten Angelegenheit" zu nahe kamen.

Aber als sie sahen, wie sich einige von denen auf den Boden gesetzt hatten, weil ihnen die Sinne schwanden und der Boden ihnen noch die einzige Haftung bot, um nicht von der Erdscheibe zu fallen, da lächelten die beiden auch schon wieder, natürlich ganz Herr der Lage.

„Wir wünschen noch einen angenehmen Tag, meine Damen und Herren! Warten sie mit ihrer weiteren Fahrt bitte noch etwas, bis sich ihr Kreislauf wieder beruhigt hat. Und falls sie folgen, bitte nicht zu nah auffahren, noch mehr intime Geheimnisse haben Schafe wohl nicht mehr zu bieten!"

Kopfschüttelnde Menschen blieben zurück!

Bunglass und McGregor trabten zum Auto ihrer Gasteltern zurück, die sie lachend empfingen. „Ihr seid ja richtig ausgekochte Früchtchen. Eure Vorstellung war total Bühnenreif", wurden sie begrüßt. „Daran werden sich viele Menschen, die dies sahen, noch lange erinnern. Wird man ihnen aber glauben, da habe ich meine Zweifel!" Die Schafe quittierten dies mit äußerst grinsenden Gesichtern.

Und weiter ging es in Richtung Berge. Wieder verschliefen Bunglass und McGregor einen großen Teil der Fahrt. Als sie erwachten, befanden sich alle schon oben auf dem „Fernpass", wo sich gerade – mal wieder – ein Stau gebildet hatte.

Heute – wir ahnen es schon – würde sich der Stau „noch später" auflösen, als dies sonst der Fall ist. Da es so aussah, dass es die nächsten Minuten sowieso nicht weiter ging, stiegen Bunglass und McGregor aus, um sich die steifen Glieder zu vertreten. Ein Raunen ging durch die anderen ebenfalls ausgestiegenen Fahrzeugpassagiere, ungefähr 10 Fahrzeuge vorwärts und 10 Fahrzeuge rückwärts. Es war so ein Durcheinander an Stimmengewirr, dass die Schafe nur wenig sicher verstanden. „Ich glaube, ich habe einen Höhenkoller", das war einer der wenigen Sätze, die zu ihren Ohren durch drangen.

Bunglass und McGregor sind sehr selbstsichere Schafe, das kennen wir bereits. Sie machten sich aber einen besonderen Spaß daraus, auch noch weitere Fahrzeuginsassen in menschlicher Sprache zu begrüßen. Diese hielt es darauf hin natürlich nicht mehr in ihren Fahrzeugen. Handys, Smartphones und mehr wurden gezückt, um mitzuteilen – wie das heute so üblich ist - was hier soeben geschieht. Die Bilder von Bunglass und McGregor und natürlich jede Menge Selfies gingen wohl in diesen Augenblicken rund um den Erdball.

Dann doch schneller als gedacht, wollte sich der Stau auflösen, zumindest vorne, wo keiner die Aktion von Bunglass und McGregor mitbekommen hatte. Wer dies gesehen hatte, ließ es ruhig angehen, wann kann man so etwas noch einmal erleben?

Ungefähr 20 Fahrzeuge dahinter fragten sich ungeduldige Menschen, wann es denn endlich weiter gehen würde. Ok, der Stau war im Grunde genommen ja schon da, aber Bunglass und McGregor haben ihn ohne Zweifel zeitmäßig verlängert. Dabei haben sie aber – auch ohne Zweifel – vielen Menschen zu einem Lächeln verholfen. Und lächelnde Menschen gibt es heute einfach zu wenig.

Die weitere Fahrt verlief ohne Zwischenfälle. Auf dem „Reschenpass" gab es keinen Stau, und so gelangte man durch Österreich schnell auf die italienische Seite der Grenze, die eigentlich gar keine mehr ist. Nach weiterer kurzer Zeit war das Ziel erreicht. Das kleine Städtchen Glurns, das man von der Hauptstraße, die nach Meran führt, nicht sieht, lag vor ihnen. Glurns ist übrigens die kleinste Stadt Italiens mit Stadtrechten und hat nur ungefähr 900 Einwohner, eine Schafzählung ist nicht bekannt.

Es gab ein Riesen-Hallo, als unsere Reisenden in den Hof der Pension einbogen. Pia und Karl hießen alle herzlich willkommen, Helga und Wuulfgeng kannten sie ja schon. Auf Bunglass und McGregor waren sie aber besonders gespannt. Bunglass und McGregor sprangen aus dem Fahrzeug, trabten den Gastgebern zweibeinig entgegen und begrüßten diese ihrerseits mit vielen freundlichen Worten in ihrer Landessprache, die hier – zum Glück - Deutsch ist, neben Italienisch natürlich.

Bis hinunter über Meran hinaus nach Bozen ist ein deutsch-sprachiger Raum, wo eben diese beiden Sprachen neben einander bestehen. So sind zum Beispiel Straßenhinweise und Speisekarten zweisprachig.

Zwei Tage verbrachten alle mit ziemlicher Ruhe und Gelassenheit, dann hielten es Bunglass und McGregor nicht länger aus – obwohl das Gras im wunderschönen Pensions-Garten hervorragend schmeckte. Sie brachten ihre Idee mit dem Schaf-Reisebüro ihren Gastgebern nahe, und die zeigten sich auch sofort begeistert. „Bunglass, McGregor, wir werden euch in allen Dingen unterstützen, wo immer wir können", rief Karl und Pia schloss sich dem sofort an.

„Gut, dann wollen wir doch einmal zusammen überlegen, was wir denn mit den Schafen machen können, die später einmal unsere Reise-Gäste sein werden", sagte McGregor.

Es wurde eine lange Debatte, und etliche Vorschläge kamen auf den Tisch. Man machte Ziele in der näheren Umgebung aus, aber auch etwas weiter entfernte. „Wie wäre es denn, wenn ihr mit euren späteren „Gästen" mal einen Sommer auf einer Alm verbringt?"

Bunglass und McGregor schauten sich an und waren sofort begeistert. „ Das wird vermutlich ein richtiges Abenteuer für unsere Kunden. So hochgelegene Weidegründe kennen die meisten wohl sicher nicht, Super-Idee!"

„Komm, McGregor, lass uns ein wenig Gras mähen und uns danach etwas auf den Rücken legen, um diese Idee auszubauen", sagte Bunglass. Pia rief den beiden noch nach: „Und denkt auch einmal über eine Tour auf dem „Jakobs-Weg" nach. Der verläuft auch zu einem Teil hier direkt vorbei. Vielleicht macht es auch euch Schafen Spaß, auf solch einem Weg zu traben. Mit euren religiösen Empfindungen kenne ich mich da allerdings nicht aus."

Karl grinste dazu über das ganze Gesicht. „Auch Schafe haben wohl ihre Geheimnisse, wie wir Menschen auch; so ist das eben." Und Pia ergänzte: „Ihr hattet vorhin so fragend geschaut, als Karl sich am Telefon meldete. Soll ich euch mal darüber aufklären?"

„Das ist jetzt glatt etwas untergegangen", meinte McGregor. „Aber ich glaube, ich habe gehört, dass Karl sich mit „Karl Yeti" gemeldet hat. Habe ich mich da etwa verhört?"

„Das hast du ganz richtig gehört, lieber McGregor", ergriff Karl selbst das Wort. „Ich habe gerade mit einem sehr bekannten Menschen in dieser Gegend gesprochen, der so ähnlich wie eine Tee-Sorte heißt. Ich kenne seine Nummer, die im Display aufleuchtete.

Eigentlich ist es ja ein kleines Geheimnis, aber da ich wusste, wer am anderen Ende der Leitung ist, habe ich mich eben so gemeldet, wie es zu hören war – Karl Yeti."

Mit offenem Mund starrten Bunglass und McGregor ihren Karl an, besser jetzt – ihren „Karl Yeti" und konnten es kaum glauben.

„Es ist nämlich so", griff Pia ein. „Mein Karl ist eben sehr viel in den Bergen unterwegs, und zwar ist er das nicht nur mit unseren Gästen, sondern auch oft allein. Da geht er dann oft ganz hoch hinauf. Manchmal geht er auch bis weit über die Schnee-Grenze. Einige Einheimische, so wie gerade der Mann am Telefon, nennen Karl daher schon „Karl Yeti".

Bunglass und McGregor sahen Helga und Wuulfgeng an. „Wusstet ihr das schon? Können wir das glauben, oder gehört es zu den Fabeln in dieser schönen Gegend hier?" rief Bunglass. „Wir haben schon mal von einem Yeti gehört. Zum Glück hat unser Karl hier aber gar keine Ähnlichkeit mit dem, so wie wir den mal im Internet recherchiert haben, bevor wir uns in diese hohen Berge aufmachen. Man will ja schließlich wissen, was einen so erwartet!"

„Offensichtlich geht unser Karl hier erheblich öfter zum Friseur, was allein schon einen großen Unterschied ausmacht!" lachte McGregor und beide Schafe klopften sich übermütig auf die Schenkel.
„Jungs, bevor ihr ganz ausflippt, macht doch erst lieber mal das, was ihr vorhin vorhattet. Legt euch ins schöne Gras und erholt euch von den Neuigkeiten", sagte Wuulfgeng.

„So ein Mittag-Schläfchen würde uns allen wohl ganz gut durch den Tag helfen, wer weiß, was alles noch passiert."

Beide Schafe zeigten als Zeichen ihrer Begeisterung „Hufe-hoch", was in der Menschengestik so viel wie „Daumen hoch" bedeutet, legten sich ins Gras und waren augenblicklich eingeschlafen, lag wohl auch an der Luftveränderung.

Viel zu schnell – meinten nicht nur die Schafe – ging die angenehme Ruhepause vorbei. Bunglass und McGregor waren immer noch ausgesprochen vergnügt wegen der Geschichte mit Karl Yeti. Inzwischen waren auch die Drei sehr gute Freunde geworden und überlegten, was sie einmal gemeinsam anstellen könnten.

Da sich die Drei nur schwer trennen konnten, blieben Bunglass und McGregor noch einige Zeit bei ihm und Pia im wunderschönen Südtirol. Helga und Wuulfgeng fuhren schon nach Deutschland, da Kater Moritz nicht so lange allein bleiben sollte und Wuulfgeng auch wieder arbeiten musste.

Immer noch war die Frage offen „Was unternehmen wir zuerst?" Und deshalb fragte Karl seine neuen Freunde: „Ihr müsst langsam anfangen, Erfahrungen für euer Schaf-Reisebüro zu sammeln. Mit welchem Event fangen wir an?"

Nach kurzer Überlegung war es Bunglass, der zuerst antwortete: „Nun ja, wir kommen ja eigentlich alle aus sehr gläubigen Ländern. So dürfte es doch verhältnismäßig leicht sein, einen Entschluss zu fassen." „Richtig", nahm McGregor den Faden auf: „Unser Karl kommt ja sogar aus einem Land, wo der Papst persönlich wohnt!"

Alle wussten, was gemeint war. Ihr gemeinsamer Entschluss wurde durch Huf- und Handschlag besiegelt. Die Drei begeben sich unter Führung von Karl Yeti auf den „Jakobs-Weg".

Von diesem Weg gibt es durch mehrere Länder ja mehrere Variationen und somit mehrere Teilstücke. Ein Stück des Weges geht also auch an der malerischen Stadt Glurns vorbei.

Nun geht man aber nicht so einfach los. Der „Jakobs-Weg" ist schon sehr anspruchsvoll, auch was die Kondition angeht. Bunglass, McGregor und Karl Yeti verabredeten, sich ergiebig auf dieses gemeinsame Abenteuer vorzubereiten.

Die Drei trimmten sich in den nächsten 3 Wochen durch anstrengendes Bergwandern rings um Glurns herum. Da boten sich schon einige Ziele an, um in Form zu kommen. Im Münsterland mit seinen nur etwa 44 Höhenmetern konnten unsere Schafe keinen speziellen Höhen-Lungentest mit dünner Höhenluft durchführen.

Doch Bunglass und McGregor passten sich langsam an die hiesigen Bedingungen an. Dann waren sie überzeugt, dass sie jetzt so weit sind.

„Wir sollten unsere Rucksäcke packen", meinte Bunglass. „Und vergesst eure speziellen Bergschuhe nicht, die eure Hufe fest umschließen, damit ihr mir unterwegs nicht umknickt", ergänzte Karl. Und McGregor grinste dazu, fast wie immer.

Am nächsten Morgen schon sollte dann der Aufbruch sein. Viel zu schnell ging die Nacht zu Ende, meinten jedenfalls Bunglass und McGregor, doch dann schwangen sie ihre Hufe und trabten die Treppe im Hause ihrer Gastgeber hinunter.

Wie angewurzelt blieben sie beide im selben Moment stehen: „Ich glaube, ich habe jetzt schon eine „Erscheinung", wo wir mit dem Pilgern doch noch gar nicht richtig angefangen haben", rief Bunglass aus. Und McGregor rief: „Ich dachte immer, Engel wären alle blond!"

Zeitgleich mit den Schafen war auch eine Tochter des Hauses mit im Treppenhaus. Mit langem schwarzen Zopf schritt sie einem Engel gleich die Stufen hinunter, auf Bunglass und McGregor zu. Da das Oberlicht hinter ihr in diesem Augenblick voll die Sonne herein ließ, welche die Schafe auch noch etwas blendete, entstand bei den Schafen der Gesamteindruck, dass es sich um eine Erscheinung handelt.

McGregor hatte sich als erster gefasst: „Bunglass, ich glaube, wir haben den ersten Engel mit „schwarzem" Zopf – wenn auch ohne Flügel – gesehen. Auch nach meinem Wissen ist in der Literatur ein Engel sonst immer blond!" „Wenn das nicht schon ein sehr gutes Omen für unseren Start ist", rief ihnen lachend Karl von unten entgegen, der diese Szene mitbekommen hatte. Tochter, Vater und die Schafe waren in den nächsten Minuten damit beschäftigt, sich die Tränen aus den Gesichtern zu wischen. Ihre höchst positiven Tränen wollten gar nicht mehr aufhören, sich ihren Weg zu suchen.

„Fröhlicher kann euer Weg ja gar nicht beginnen, viel Spaß noch!" gab die Tochter allen noch mit auf den Weg. Dann marschierten und trabten die drei Pilger los, ihrem ersten Reisebüro-Vorbereitungs-Unternehmen entgegen. Die „Erst-Begehung des Jakobs-Weges" durch Schafe hatte begonnen. Bereits an der nächsten Ecke, am Feuerwehrplatz, wartete eine große Überraschung!

Was Bunglass und McGregor nicht wussten, die Stadt Glurns war so stolz auf ihre besonderen Gäste, dass sie ein wenig Public Relations betrieben hatte. Dadurch waren Fernsehen, Radiostationen und Zeitungspresse auf dieses Vorhaben aufmerksam geworden. In vielen Ländern hatte dieses Ereignis Aufmerksamkeit erregt. So hatte zum Beispiel sogar Neuseeland, wo Millionen Schafe wohnen, ein Fernseh-Team geschickt, das live in die Heimat übertrug.

Da dies hier eine freiwillige Veranstaltung unserer Schafe ist, die zu nichts gezwungen werden, waren zwar auch verschiedenste Tierschutz-Organisationen am Startplatz anwesend. Diese hielten aber auf Grund der Freiwilligkeit und der fairen Bedingungen „anfordernde" Transparente hoch mit Aussprüchen wie zum Beispiel „Wir fordern viel mehr mutige Tiere!" Die PETA forderte die „gleichen Rechte für Mensch und Tier" ein, was allgemein mit viel Beifall begrüßt wurde. Ach wäre es doch öfter so der Fall.

Die örtliche Blaskapelle war mit Abordnungen aus anderen Gemeinden aufgestockt worden und blies sich fast die Seele aus den Lungen.

Es gab für diesen Start-Tag extra „Schaf-Laugen-Stangen" von den örtlichen Bäckereien. Für McGregor wurde ein spezieller „ farbiger Kuchen in Form eines Highländer-Kilt`s " angefertigt. McGregor ließ es sich natürlich nicht nehmen, diesen persönlich anzuschneiden und den Rest an die Fans zu verteilen. Die Getränkehandlung spendierte „Bunglass-Aufbau-Drinks" mit irischem Klee-Blatt-Aufdruck. Überall roch es nach Pilger-Brezeln, nach gegrillten Würstchen und Getränken aller Art. Es herrschte eine super Volksfest-Stimmung.

Der Bürgermeister hielt eine Ansprache: „Liebe Pilger – äh - ich meine lieber Karl, liebe Schafe Bunglass und McGregor, dies ist ein ganz besonderer Augenblick.

Wir alle hier sind mächtig stolz, dass dieses Experiment hier bei uns in Glurns beginnt. Wir alle hier wünschen euch alles Gute, und kommt uns gesund und munter zurück. Wir sind jetzt schon sehr gespannt auf euren Bericht."

Heute gab es kein Startband zu durchtrennen. Der Bürgermeister hatte eigenhändig eine Strohballen-Barriere aufgestellt. Darüber hinweg sprangen nun locker und voll durchtrainiert unsere Schafe und natürlich Karl Yeti.

Eine riesige Traube fröhlichen Volkes schloss sich unseren „Pilgern" auf den ersten Metern an. Je steiler das Gelände wurde, desto mehr schrumpfte auch die Zahl der Begleiter zusammen. Alle sind nun mal nicht so fit, wie unsere drei trainierten Pilger. Das Sondertraining zahlt sich jetzt schon aus. Nach einem Kilometer waren Bunglass, McGregor und Karl Yeti dann auch bereits allein unterwegs. Die Drei genossen die Ruhe nach dem Rummel des Starts der Reise und die gute Luft vom Vinschgau in Oberitalien.

Danach wurde auch die Berichterstattung wieder ruhiger. Die Tage vergingen und es gab keine weiteren Zeichen unseres verschollenen Trios.
So ist es ja auch gedacht. Schließlich soll es ein Gang der Besinnung sein, des Nachdenkens und der Selbstfindung. Manche finden eben nur ihr Spiegelbild, wenn sie in einen solchen schauen.
Mehr ist da oft nicht zu sehen.

Es ist allerdings auch wohl nicht aus zu denken, wenn alle ihr Inneres finden wollen und sich gleichzeitig und ständig auf den Pfad des Pilgerweges begeben. Eigentlich ist die Völkerwanderung ja vorbei, sieht man mal von den Caravan-Kolonnen der Tieflandbewohner mit den gelben Nummern-Schildern ab.

Nach 7 Tagen trudelte dann eine erste Postkarte unserer „drei Pilger" ein, bei Pia und bei Helga und Wuulfgeng. Bunglass, McGregor und Karl Yeti hatten unterwegs ein sehr fröhliches Erlebnis, von dem sie der Nachwelt zu Hause doch unbedingt berichten wollten. Die Drei waren dem berühmten „Hape" begegnet, der Material für ein weiteres Buch sammelte.

Natürlich war auch „Hape", der ja bekanntlich viel Humor hat, von unserem Trio völlig begeistert.

Fröhlich rief er in die Runde: „Natürlich werdet ihr in meinem nächsten Bestseller-Buch eine begleitende Rolle spielen!" – was die Schafe erneut zu einem „Hufe hoch" beflügelte. Da ja auch „Hape" sehr viele Fans hat, wanderte jetzt langsam eine immer größer werdende Boy-Group ihrem Ziel entgegen.

Jeder kann sich sicherlich vorstellen, dass gerade diese Tage der gemeinsamen Wanderung sich für alle unauslöschlich in die Erinnerungen eingebrannt haben.

Für eine inzwischen mächtig angewachsene Invasions-Truppe ist es natürlich schon etwas schwierig, gemeinsam eine Nachtunterkunft zu finden. Da war es ganz gut, dass Bunglass und McGregor schafsinniger Weise auch mit einem Bett aus Stroh zufrieden waren.

Bunglass und McGregor kamen sich bald so vor, als wären sie Mitglieder der Weihnachtsgeschichte; nur, dass kein Kind in der Krippe nebenan lag. Der „Hape" hätte sicher auch optisch einen sehr guten Josef abgegeben.

Auf jeden Fall dürfte unsere gemischte Tier-Mensch-Gruppe wohl inzwischen mehr Aufmerksamkeit erregt haben, als die damalige Volkszählungs-Gesellschaft.

Wegen der Wichtigkeit für die Menschheit sollen hier aber weiter keinerlei Vergleiche gezogen werden. Hape konnte die Wanderung ruhevoller genießen als unsere Schafe, da diese oft unterwegs von den verschiedensten Radio- und TV-Stationen aufgehalten wurden und ständig Stellungnahmen abgeben mussten.

Wegen der inzwischen erregten großen Aufmerksamkeit stellten sich ganze Kindergarten-Gruppen und Schul-Klassen in den Weg, nur um auf ein Foto gemeinsam mit den Schafen zu gelangen. Bunglass und McGregor wurden als Geschenke die tollsten und bekömmlichsten Grashalme der verschiedensten italienischen Provinzen gereicht. Es ging ihnen also sehr gut.

Der Karl Yeti und „Hape" mussten sich da schon mehr anstrengen. Ihr Essen wurde ihnen nicht einfach so spendiert. Sie mussten schon selbst dafür sorgen, einige Köstlichkeiten der Regionen auf die Gabel zu bekommen. Wo diese beiden doch auch so gerne Essen!

Nach 3 Wochen, so war es ausgemacht, sollte der Rückweg angetreten werden. Und so geschah es. Die Drei brauchten jedoch nicht wieder den Weg zu Fuß zurück legen.

An einem geheim vorher vereinbarten Ort holte Pia sie ab, ohne jeglichen weiteren Rummel. Und alle kamen gesund und voller Zufriedenheit wieder in Glurns an. Nur ein eingeweihter Apotheker aus Mals, der inzwischen schon lange zu den Freunden von Bunglass und McGregor zählt, der wartete bereits auf unsere Schafe, natürlich nicht aus Neugierde. Nein, eine richtig professionelle Untersuchung von Füßen und Hufen war vorgesehen, und der Profi war erstaunt, dass keiner der Pilger auch nur eine Blase am Fuß oder am Huf hat.

Bunglass und McGregor stürzten sich sodann erst einmal auf das saftige Gras, Karl aß ein großes Schnitzel, das ihm Pia mit den Worten servierte: "Das hast du dir nach diesen Kalorien-mordenden Tagen auch redlich verdient!"
Über die „ziemlich" große Eisportion, die geschlemmt wurde, bevor Pia eintraf, bewahrten „die Drei" Stillschweigen.

Lange dauerte es nicht, bis Bunglass und McGregor zum nächsten Abenteuer bereit waren. Sie hatten für ihr nächstes Event auch nicht mehr allzu viel Zeit. Denn ihr nächstes Vorhaben hat auch mit der Geburt von Lämmern zu tun, und dieses Ereignis stand schon kurz bevor.

Bunglass und McGregor hatten vom Aufstieg von Wuulfgeng und Gastgeber Karl auf das „Glurnser Köpfle" gehört, den die beiden vor zwei Jahren hinter sich gebracht hatten. Auf dem Wege zum 2395 Meter hohen Gipfelkreuz kommt man auch an der „Glurnser Alm" vorbei, die 1978 Meter hoch liegt. Da Glurns nun 907 Meter hoch liegt, würden die Schafe einen gewaltigen und ungewohnt anstrengenden Aufstieg zur Alm vor sich haben.

Der Winter war mild gewesen, alles schien möglich. Bunglass und McGregor hatten lange überlegt, dann teilten sie Karl und Pia mit: „Wir haben uns überlegt, die Idee Wirklichkeit werden zu lassen, einen Sommer auf der Alm mit der dortigen Herde zu verbringen."

„Respekt", sagte Karl: „Da habt ihr euch ja viel vorgenommen. Dieser Aufstieg ist kräftemäßig doch viel anstrengender als die Tour auf dem „Jakobs-Weg! Aber es wird euch gefallen. Mit der Herde oben werdet ihr sicherlich viel Spaß haben!"

Als weitere Vorbereitung hatten Bunglass und McGregor die „hiesige" Sprache, die für sie – verständlich - etwas untypisch ist, erlernt.

Jedenfalls lernten sie so viel, dass sie „oben" bei den anderen Schafen mit den einschlägigen Fachausdrücken klar kommen würden. Die damaligen Vorbereitungen für den Jakobs-Weg kamen ihnen jetzt nur recht. Schnell war alles organisiert, gepackt und besprochen und keine Zeit wurde vertan.

Reichlich bestückt mit Getränken begannen unsere unternehmungslustigen Schafe nun am „für Schafe frühen Morgen" (gegen 9.oo Uhr !) den Aufstieg zur „Glurnser Alm". Der Aufstieg dort hin beginnt nahe der Pension von Pia und Karl Yeti. Selbstverständlich gab es in der Pension noch eine familiäre Trennungs-Gedenk-Minute mit Helga, Wuulfgeng, Pia, Yeti Karl, der Senior-Gastgeberin, den deutschen Nicy und Wolfgang, Ronja, Saskia und Marion und den Schweizern Karl und Beatrice.

Es war schon viel anstrengender, als die beiden Schafe gedacht hatten. So Höhenmeter haben es eben in sich und davon waren es noch so viele! Auch rächte es sich nun, dass die Schafe erst „spät" am Morgen aufgebrochen waren.

Menschliche Bergsteiger gehen schon mit dem ersten Büchsenlicht „auf Tour". Die schon recht gut aufgelegte Sonne machte Bunglass und McGregor mächtig zu schaffen.
„Hätten wir nur etwas genauer hingehört, was die Einheimischen zu unserer geplanten Tour erzählt und geraten haben", keuchte Bunglass.

Und McGregor hatte auch nicht „mehr" Luft, als er ebenfalls keuchte: „Die „einheimischen" Schafe haben sicher genug Luft für solche Aktivitäten. Als Ablenkung sollten wir mal daran denken, wer uns denn oben auf der Alm so alles erwartet."

Einige Schafnamen kannten sie schon aus den vorbereitenden Erzählungen von Karl.

Die wartende Schafherde bestand zum Beispiel aus dem Leithammel „Hajo. Zu ihm gehört „Marianne", seine Lieblings-Gefährtin. Auch wenn ihre beiden Initialen oft als „H & M" in umliegende Bäume geritzt sind, so bedeutet dies keine Gemeinsamkeit mit einem bekannten Modehaus , wie dies von einigen Touristen zu hören war, wenn sie schon auffällig oft auf dieses Symbol trafen.

Da ist noch „Harm", ein schon älterer Dagebliebener aus Ost-Friesland, dem die Seen im Vinschgau und die vielen Gewässer inzwischen ausreichten, um dort zufrieden zu leben.

„Fritzi" ist die freche und vorwitzige Schaf-Zicke auf der Alm, der aber niemand wirklich etwas übel nahm, sorgt sie doch auch durch ihre eigene Art ab und zu mal oben etwas für Abwechslung.

„Moni" ist das Schaf mit dem „grünen Daumen", immer auf der Suche nach den besten Gräsern. Sie bestimmt praktisch, wo am besten „zu Grasen" ist.

„Walburga" ist die misstrauische Bewohnerin der Alm. Sie stellt eigentlich immer alles erst mal in Frage. Letztendlich kann man aber auch mit ihr gut klar kommen.

„Brunhilde" ist das Kampf-Schaf der Herde, immer aufmerksam und bereit, bei Bedrohung zu den Waffen zu greifen. Sie lässt sich auffallend oft als Wache einteilen. Sie liest dabei aber „heimlich" alte Geschichten, wie die Siegfried - Sage, was niemand ahnt.

„Eleonore" ist da noch, die immer Wert darauf legt, einen besonders hübschen Pelz zu besitzen. Die Pflege kostet viel Zeit.
Später würden dann noch die Lämmer hinzu kommen, deren Geburt schon jetzt mit viel Aufregung in den Hufen erwartet wurde.

Endlich kam ein Lichtblick für Bunglass und McGregor. Die letzten Stunden waren sie gnadenlos die Endlosschleife durch den Wald immer nach oben getrabt. Endlich hatten sie den beschwerlichen und Kräfte raubenden Weg hinter sich gebracht und konnten nun den Blick auf die hohen Felsen richten, die sich über der Alm zu erkennen gaben.
Und jetzt brachen Bunglass und McGregor aus der Deckung hervor, gerade wie die Angreifer damals am „Little Big Horn". Zum Glück für unsere beiden Schafe wurde aber hier am heimatlichen „Glurnser Berg" nicht auf sie geschossen.

Einen kleinen Schrecken bekamen unsere Schaf-Bergsteiger aber doch. Das erste Schaf, das sie zu Gesicht bekamen, war nämlich Brunhilde, das Kampf-Schaf. Brunhilde hatte heute Wache. Sie wusste bereits von der bevorstehenden Ankunft von Bunglass und McGregor. Trotzdem empfing sie die beiden mit einer Losungs-Aufforderung, wie es sich für eine ernst zu nehmende Wache gehört.

„Guinness" antworteten Bunglass und McGregor gleichzeitig wie aus dem Eichenfass geschossen. Die beiden sahen sich an und lachten: „Sind wir mal wieder einer Meinung? Ich habe das Wort so ganz spontan ausgesprochen und du?" rief Bunglass. „Auch ich habe das spontan gemacht, denn mir fällt eigentlich zu meinem Durst sofort ein schönes Guinness ein. Was löscht Iren und Schotten schon besser den Durst, als ein Guinnes", antwortete McGregor.

Das war für Brunhilde völlig in Ordnung. Das heute und gültige Losungswort war den beiden Schafen nämlich gar nicht mitgeteilt worden. Wer sollte außer Bunglass und McGregor schon auf so ein ausgefeiltes Losungswort kommen!

Die Begrüßung mit den anderen Alm-Schafen dauerte nun schon etwas über 2 Stunden und wollte kein Ende nehmen.
Die Reden der einzelnen Schafe stockten immer wieder, wenn Eleonore alle 15 Minuten mit einem neuen schönen Kleidungsstück durch die anwesenden Schafe flanierte.

Bunglass und McGregor sorgten jetzt für etwas Ruhe. Sie zogen die Geschenke-Vergabe einfach vor. Denn sie hatten auch Eleonore ein Geschenk mitgebracht. Aus einem heimatlichen Geschäft hatten sie ein Schmuckstück der Extraklasse von Pelzkragen mit dabei, ein Kunstpelz, was nicht bemerkt wurde.

Mit glänzenden und feuchten Augen und mehrmals tausend-Dank blökend, würde sie jetzt Ruhe geben und die nächsten 3 Stunden vor dem Spiegel verbringen.

Auch für die anderen Almschafe hatten Bunglass und McGregor natürlich Geschenke dabei.

Mit Hajo als örtlichen Alm-Leit-Hammel tauschten unsere beiden Schafe Vereins-Wimpel vom Glurnser-Alm-Verein und dem Westfälischen-Münsterland-Schaf-Verband aus. Natürlich wurde dieser Sinn sofort von Walburga erst einmal infrage gestellt. Man konnte ihr diesen Vorgang aber erklären.

Fritzi drängelte sich immer wieder vorwitzig dazwischen, um mit ihrem geschenkten neuen Camcorder hochauflösend dies alles für die Menschheit festzuhalten.

Moni bekam ein paar schöne Socken überreicht, schön warm, da sie immer ohne herumläuft; zur reinen gesundheitlichen Vorbeugung.

Für „Karl Yeti" und den entfernten Onkel „Corleblauebohne", die erst später zur Alm kommen würden, hatten sich die Schafe auch etwas ausgedacht.

Vorgesehen war für „Yeti" eine Flasche Whisky aus Schottland, der seinem Namen „Laphroaig" alle Ehre machte und für den italienischen „Onkel" eine Flasche Grappa - oder war etwa alles anders herum gedacht, egal.

„Yeti" und Onkel „Corleblauebohne" sollten nämlich erst nach der Geburt der Lämmer hinzu kommen, da die beiden als Paten für diese Lämmer vorgesehen waren. „Yeti" war für die noch zu gebärenden Lämmer 1 bis 4 zuständig, für die Lämmer 5 bis 8 der „Onkel".
Über die Reihenfolge der Patenschaft hatte es ernsthaft einen Streit gegeben. Nachdem ein Europäischer Haftbefehl angedroht wurde, der das Erscheinen auf der Alm vielleicht unmöglich gemacht hätte, konnte Yeti das Rennen für die Lämmer 1 bis 4 jedoch ganz klar für sich entscheiden.
„Da können Sie jetzt mal 15 Minuten darüber nachdenken; 15 Minuten schaffen Sie schon!" (Zitat von Fritz E., Kabarettist)

Alle, die Bunglass und McGregor bereits kennen, können sich sicher lebhaft vorstellen, dass besonders die Abende am Lagerfeuer immer sehr lustig waren.

Unsere irischen und schottischen Schafe haben viel Verständnis für die Tiere und Menschen aus anderen Ländern. Bunglass und McGregor haben ja oft genug heimische Radio-Sender gehört, als sie sich im Garten der Pension erholten und wissen daher, was „traditionelle" Musik ist.

Nach Anhören von zahlreichen Musikstücken / Texten hatten sie die Idee, auch einmal ein Lied zu komponieren. Dieses von Bunglass und McGregor zu fortgeschrittener Stunde vorgetragene Lied hat den folgenden Text:

<u>(Erklärung für den Leser:</u>...die Frau will „ihn" oft loswerden; er merkt es nicht!)

„ Holunderbröseldudelidi,
ohne mei Bierbrezeln geh` i nie.
Hob i mei Bierbrezeln dabei,
da san` ma scho zwei.
Mei Olde sorgt schon dafier,
dass hob i a` Bierbrezeln bei mir.
Geh`n mi mei Bierbrezeln net aus,
bin i ja oft aussèm Haus.

Holunderbröseldudelidi, ohne ...... „

Wer hätte gedacht, dass dieses Lied inzwischen so berühmt ist und von allen Schafen der Welt gesungen wird, wenn auch oft heimlich!

Mal ehrlich, bei der Frage nach diesem Lied-Text wären doch sicher alle „bei Jauch" schon an der 50-Euro-Frage gescheitert !?

D a n n kam es zum jährlichen Höhepunkt auf den Almwiesen. Das war - wie immer – die Geburt der Lämmer. Rechtzeitig dazu kamen jetzt auch die Paten „Yeti" und „Onkel Corleblauebohne".

Mit einer großen Zeremonie wurden die Paten in Ihr jeweiliges Amt eingeführt. Diese hatten in riesigen Rucksäcken reichlich „Guinness" den Berg hoch geschleppt und wurden dafür mit auf den Hinterhufen stehendem Applaus gefeiert.

Bei den folgenden Geburts-Feierlichkeiten floss jedenfalls sehr viel davon. Die Almwiesen bekamen nach und nach einen völlig neuen Geschmack durch die Bewässerung von verschütteten Gläsern.

Natürlich beherrschen unsere Schafe auch das Einmaleins der Flaggen-Parade.

Jeden Morgen und am Abend wurde durch abgeordnete Schafe auf dem Gipfel, dem Glurnser Köpfle, die entsprechenden Flaggen gehisst, die Orts - Flagge, die irische Flagge und die schottische.

Meistens ließen sich Bunglass, Mc Gregor und Hajo dies nicht nehmen und kletterten selbst hinauf.

Dabei schrieben sie alle besonderen Ereignisse ins Gipfelbuch in der Blechdose beim Gipfelkreuz in 2395 Meter Höhe, und wer das nicht glaubt, der kann selbst dort oben nachschauen.

Hajo und seiner Herde gefiel es, was Bunglass und McGregor so alles planten. Alle freuten sich auch schon auf die Schafe aus dem Ausland, die mit dem „Schaf-Reisebüro-Unternehmen" zu ihnen kommen würden. Bisher waren sie ja immer nur unter sich geblieben. Und die Aussichten, selbst einmal auf Reisen gehen zu können, das brachte schon jetzt ihre Augen zum glänzen.

Eines Tages sagte Hajo zu seinen beiden Gästen: „Ihr beide habt mein volles Vertrauen. Ich wüsste noch ein weiteres Event für euer zukünftiges Unternehmen. Das ist eine sehr geheime Sache, und da dürfen dann wirklich nur Schafe daran teilnehmen. Niemand wird sonst eingeweiht. Menschen waren noch nie an diesem Ort. Ich möchte euch diesen Ort in einem Nachbartal gerne einmal zeigen. Ich muss mal meine Kontakte spielen lassen, ob dies noch in der Zeit, wo ihr hier bei uns seid, möglich ist. Wir reden noch darüber!"

Echt menschliche Umarmungen folgten diesen Worten, nur dass man sich nicht die Hände auf den Rücken schlug, sondern die Hufe.

Aber das taten alle mit der erforderlichen Rücksicht auf die Gesundheit, und Schafe können viel mehr vertragen, als das die Menschen annehmen.

Die Tage und Nächte auf der Alm vergingen wie im Fluge. Ab und zu kommen ja auch mal Menschen zur Alm hoch. Dort fotografieren sie natürlich erst einmal die Schafherde, vor allem, wenn auch Familien mit Kindern diesen Ausflug machen. Sozusagen zur Belohnung wird dann der Aufenthalt dort sehr lang, denn der Aufstieg ist ja auch anstrengend, wie schon Bunglass und McGregor feststellen mussten.

Die Schafe sind dies gewohnt und kümmern sich allgemein gar nicht darum, dass sie die Stars der Speicherkarten sind. Da McGregor heute ausnahmsweise seinen Kilt trug, hatte Hajo eine Bitte an ihn.

„Lieber McGregor, würdest du mal kurz hinter die Hütte dort gehen, bis die Fotos gemacht sind und wieder Ruhe eintritt? Wenn dich die Menschen so sehen, könnten sie ausflippen. Wenn wir Glück haben, schieben sie deinen Anblick im Kilt auf die dünne Luft hier oben, wenn nicht, dann haben wir ab Morgen einen Menschenauflauf hier, wie wir ihn gar nicht gebrauchen können. Um unsere schöne Ruhe hier oben wäre es geschehen."
„Na klar doch", grinste McGregor. „Bunglass hat ja auch schon seine Kappe abgenommen und seinen Pullover ausgezogen, weil es ihm zu warm ist. Ich erledige das sofort!"

McGregor zog sich hinter der Hütte um und kam sofort zurück, um zu erleben, dass sich die Schafherde heute etwas seltsam benahm. Dann sah er auch den Grund dafür. Bunglass ging aufrecht hinter den fotografierenden Touristen her und forderte von den Schafen mit hoch erhobenen Hufen die „La-Ola-Welle". Diese hatten die Schafe auch drauf.

So etwas hat die Welt wohl noch nicht gesehen, die Touristen offensichtlich auch nicht. Nach einigen Wellen gingen die Schafe in die Knie oder wälzten sich gleich auf den Rücken, alle vier Hufe weit hoch in die Luft gestreckt.

„Schau mal, Papa", rief ein kleiner Junge. „Die Schafe lachen uns aus, kann das denn sein?"

„Mein Sohn", sagte der Vater kopfschüttelnd. „Das sind doch nur dumme Schafe, die können doch gar nicht Lachen."

Jetzt war es Hajo, der den Kopf schüttelte und viele weitere Schafe schlossen sich an. „Noch so einen Spruch, dann jage ich diese dummen Menschen eigenhufig den Berg hinunter! Dumme Schafe, pah, selber dumm!"

Die Sache erledigte sich aber friedlich von selbst. Der Kamerachip war voll, die Menschen zogen ab, hinunter in ihr eigenes Reich, das – so meinen wohl manche – hätten sie durch ihre Trinkgelder im Urlaub als Eigentum in Besitz genommen.

Auf der Alm kehrte wieder Ruhe ein.

Alle Schafe waren sich einig, dass s i e es waren, die die Menschen an der Nase herumgeführt hatten, zumindest längere Nasen, die haben Schafe wohl unbestritten.

Auch oben auf der Alm vergeht die Zeit, selbst wenn alle Schafe einschließlich Bunglass und McGregor dies bedauerten, wieder nahte ein Abschied. Viele Hufe lagen auf vielen Schultern, eine Abschiedsrede folgte auf die nächste. Wünsche und Bitten für ein Wiedersehen flogen hin und her, von Schaf zu Schaf.

Hajo sah Bunglass und McGregor noch einmal tief in die Augen: „Ich hatte euch doch gesagt, dass ich euch noch in ein Geheimnis einweihen wollte und dieses vielleicht für euer künftiges Unternehmen gebrauchen könnt. Leider geht das zur Zeit nicht, da der Hauptdarsteller – der auch ein Schaf ist – im Augenblick keine Möglichkeit sieht, euch zu empfangen. Es hat etwas mit Nebel zu tun, was ihr begreifen werdet, wenn ich euch jetzt etwas erzähle. Sonst hätten wir eine kleine Reise gemacht, sehr schade."

„Du machst uns richtig neugierig", sagte Bunglass. „ Aber erzähle uns doch, um was es sich handelt." Bunglass und McGregor machten es sich ein letztes Mal auf der Almwiese bequem und Hajo nahm die Aufforderung an: „Wenn ich euch jetzt sage, dass alles auch etwas mit dem Mond zu tun hat, dann werden mich sicher eure Gesichter fragend ansehen.

Ich sehe schon jetzt große Fragezeichen über euren Köpfen. Aber hört zu: Mit einem guten Kumpel von mir war ich vor geraumer Zeit einmal in einem sehr abgelegenen Gebiet auf der anderen Talseite.

Dort soll das Wasser im „Saxalbersee" so köstlich schmecken, dass sich der weiteste Weg lohnt. Wir waren also schon eine lange Zeit unterwegs. Immerhin geht es dort auf eine Höhe von 2910 Meter hinauf."

„Ach du meine Güte, das muss ja ein ganz besonderes Wasser sein, so eine Anstrengung für Wasser?" meinte McGregor.

„Nicht immer ist alles so, wie es scheint. Nicht immer ist alles so, wie man es gerne sehen würde. Nicht immer ist alles so geschehen, wie es verkündet wurde", sagte Hajo. „Was haben Schafe mit dem Mond und den Vorkommnissen darum herum zu tun? Ihr werdet gleich schlauer sein. Mein Kumpel und ich haben schon viele Touren in den Bergen unternommen und kennen uns eigentlich recht gut aus. Mit Vorliebe suchen wir dabei Orte aus, die – wenn auch nur entfernt - mit Schafen zu tun haben, manchmal nur dem Namen nach, aber zumindest mit Tiernamen."

„Ja gibt es hier vielleicht etwa einen Schafberg?" fragte Bunglass.

„Das weiß selbst ich nicht so genau", lachte Hajo. „Wir hatten uns für unseren Ausflug das „Gamseck" ausgesucht. Zunächst ging auch alles gut, bis plötzlich Nebel übers Gebirge zog, was im Hochgebirge eben immer mal schnell passieren kann. Wir sahen fast die Hufe vor Augen nicht mehr und stellten fest, dass wir uns wohl verlaufen haben.

Das kann im Gebirge schon tragisch enden. Zumindest gibt es Wasser genug und zum Schutz vor der Kälte haben wir Schafe ja unser Fell dabei."

Bunglass und McGregor konnten kaum ruhig sitzen bleiben, so aufgeregt waren sie, was denn nun noch kommen sollte. Hajo fuhr fort: „Wir beschlossen, das Tageslicht noch auszunutzen, um vielleicht doch noch einen Weg oder Steig zu finden. Etwas später dämmerte es bereits und wir hatten uns schon fast mit einer Übernachtung in den Bergen abgefunden. Da sahen wir ein Licht, völlig unvermutet, wo doch auf keiner Karte eine Hütte verzeichnet war. Das Licht gehörte aber zu einer kleinen Hütte.

Vor der Hütte waren 3 Masten aufgestellt. Der Nebel verzog sich so langsam und wir konnten jetzt immer mehr erkennen, wussten aber noch immer nicht, wo wir genau waren.

An einem Fahnenmast wehte die Fahne von Südtirol, am zweiten Masten die Fahne von Irland. Die dritte Fahne am letzten Masten war uns Schafen nicht bekannt und kam uns sehr seltsam vor. Auf dieser dritten Fahne stand „NASA" und dieses Land war uns nun völlig unbekannt. Damit konnten wir gar nichts anfangen."

Bunglass und McGregor hörten ihr Herz klopfen, so still war es. Äußerst gespannt warteten sie auf die nächsten Worte von Hajo. Würde er das geheimnisvolle Rätsel jetzt auflösen?

Hajo sah den beiden die große Anspannung an und fuhr leicht grinsend fort: „ Wir klopften an die Tür und hörten zu unserem großen Erstaunen so etwas wie: „Määähhh, kommt ruhig herein!

Zu dem Licht, zu der Hütte und zu den Fahnen gehörte doch tatsächlich noch ein Schaf, das uns nun zuwinkte, als wir im Türrahmen der Hütte standen. In der Hütte befanden sich seltsame Sachen, solche Dinge, die mein Kumpel und ich noch nie gesehen hatten. Am Abend und in der folgenden Nacht wurden die Dinge dann für uns klarer und klarer. Nachdem wir dem einsamen Hüttenschaf erklärt hatten, wer wir beiden sind und woher wir kommen, war nun der Gastgeber an der Reihe.

Uns wurde schnell klar, dass wir uns hier durch den Nebel an einen Ort verirrt hatten, an dem vor uns noch niemand gewesen war, außer dem Schaf in der versteckten Hütte natürlich. Und jetzt erzählte uns das Hütten-Schaf, das sich übrigens als „Luna Man" vorstellte, was es mit der dritten Fahne auf sich hat, auf die wir uns keinen Reim machen konnten. Luna Man erzählte, dass seine Geschichte eigentlich in Irland beginnt. Denn da kommt er her und seine Familie hat dort ihre Wurzeln."

„Ich fasse es nicht! Ein irisches Schaf in einer versteckten Hütte in Südtirol?" rief Bunglass aus und heftig nickend schloss sich McGregor an.

„Eines Tages war das normale Weideleben meiner Vorfahren in Irland vorbei", erklärte uns Luna Man. „Es gibt so viele Geheimnisse auf dieser Welt. Irische Schafe sind ein Teil des Geheimnisses um die Mondlandung. Gerade Irland hat viel mit Geschehnissen in der Weltgeschichte zu tun, die die Menschheit berührt haben. Und Irland hat auch viel mit Amerika zu tun, wenn man mal darüber nachdenkt!"

„Ja sicher, mir fällt ein", sagte Bunglass, „ich kenne auch eine Verbindung zur Weltgeschichte, die Abfahrt der Titanic von Irland aus."

„Genau", rief McGregor: „Irland war ja für die „Titanic" der letzte Anlauf-Ort, um noch einmal Proviant wie Butter für die lange Fahrt nach Amerika mitzunehmen."

Und Bunglass fügte noch hinzu: „Stimmt, viele irische Familien haben Verbindungen nach Amerika, allein schon wegen der vielen Auswanderer in den Hungerzeiten. Und es gibt in Irland ja sogar den „Kennedy-National-Park! Aber was haben denn nun irische Schafe mit der Mondlandung zu tun?"

Hajo holte tief Luft: „Luna Man erzählte uns, dass damals in Begleitung von Menschen doch tatsächlich amerikanische Schafe in unseren Ort nach Irland kamen. Natürlich stellte sich die Frage, warum gerade ihre Herde ausgesucht wurde.

Und die Antwort machte die irischen Schafe sehr stolz. Denn man sagte, dass die Schafe hier in Irland sogar in den Vereinigten Staaten von Amerika wegen ihrer Fantasie und ihrer Klugheit bekannt sind. Dann wurden aus der Herde einige ausgesucht und gemeinsam mit den „Amerikanern" flogen sie nach Amerika. Viele Jahre lang hat man nichts mehr von ihnen gehört.

Doch eines Tages kam tatsächlich eines der damaligen Schafe zurück."

McGregor fragte: „Hatte sich dieses Schaf irgendwie verändert, weil es doch so lange fort war? Und was hat es denn erzählt, was es in Amerika so gemacht hat?"

„Es hatte eine amerikanische Flagge in seinem Fell eingefärbt", erzählte uns Luna Man. „Außerdem hatte es noch einen seltsamen Gegenstand von seiner Reise mitgebracht und der wurde im historischen Besucher-Zentrum vom Ort dort verwahrt. Der merkwürdige Gegenstand sah fast wie ein Goldfisch-Glas aus. Da die Schafe an der Atlantik-Küste dort aber nicht viel mit Goldfischen zu tun hatten, wussten sie auch nicht so genau, was sie wirklich davon halten sollten.
Bei Regenwetter hatte sich der Heimkehrer diesen Gegenstand über den Kopf gestülpt und wurde so viel weniger nass, als seine anderen Schaf-Kollegen.

Allerdings hatten diese dann nach und nach doch so „ihre Zweifel", ob mit „dem" noch alles in Ordnung war."

Es verging eine lange Zeit, bis sich Bunglass und McGregor wieder einigermaßen gefasst hatten.

„Und wie ging es dann weiter? Konnte man denn erfahren, was mit dem Schaf in Amerika geschehen war?" fragte McGregor.

Das Hütten-Schaf hatte belustigt meinem Kumpel und mir lange in die Augen geschaut und sagte: „Ihr beide seid doch vertrauenswürdige Schafe. Wenn Ihr es nicht weiter sagt, werde ich euch jetzt ein Geheimnis verraten, dass die Welt-Geschichte deutlich verändern wird, wenn dieses Geheimnis jemals öffentlich bekannt wird."

„Wir gaben Luna Man natürlich unser „Hufschlag-Ehrenwort". Dann erzählte er uns von dem lange gehüteten Geheimnis und sprach: „Ich verrate euch jetzt, wer das heimgekehrte Schaf war, nämlich mein Ur-Großvater. Der hat sich damals „Luna Man" genannt, weil er tatsächlich auf dem Mond gewesen ist! Ha, ein großer Schritt für die Menschheit soll dies gewesen sein.

Da kann ich nur lachen. Hahaha - heißen müsste es eigentlich, ein kleiner Tritt für ein Schaf, aber ein großer für eine Herde!"

Bunglass und McGregor glaubten ihren Ohren nicht zu trauen.

„Manchmal bin ich einfach frustriert, dass die Menschen immer allein den Ruhm ernten wollen", hatte Luna Man gesprochen und weiter: „Dabei ist doch nicht immer alles so, wie es scheint.

Vielleicht habt ihr ja auch schon von der Kritik in Funk und Fernsehen über die Mond-Lande-Geschichte gehört. Inzwischen habe ich so lange geschwiegen, so viele Jahre lang. Aber irgendwie finde ich, dass ich nicht mehr länger an meine Schweigepflicht gebunden bin. Zwar habe ich einen Vertrag unterschrieben, da mich die Menschen aber als „Sache" behandeln, kann das ja gar nicht juristisch gelten. Denn Verträge mit „Sachen" kann man nicht machen, zumindest dürften diese wohl nicht gültig sein. Die Menschen sind doch wirklich zu gutgläubig. Die glauben ja fast alles, was man ihnen erzählt oder in Bildern zeigt!

Erinnert euch, dass zuerst ein russischer Hund im All ausprobieren musste, ob man das überhaupt überleben kann. Und das da auf dem Lande-Video, das ist in Wirklichkeit mein Ur-Großvater! Da staunt Ihr wohl, was?"

Bunglass und McGregor bekamen vor lauter Anspannung keinen Ton raus, was bei ihnen nun wirklich nicht normal ist, haben sie doch eigentlich auf fast alles eine Antwort.

Hajo sah dies und erlöste die beiden, indem er weiter sprach: „In einem Raumanzug kann man ja nicht richtig jemanden erkennen und das wussten auch die damaligen Verantwortlichen! Und das mit dem ersten Abdruck auf dem Mond, ja das war ein Schafabdruck. Hufabdrücke kann man aber nicht erkennen, da der Ur-Großvater ja voll im klobigen Raumanzug steckte. Und die Schuhsohlen waren schon daran mit angebracht. Und auch das Visier am Helm blendet ordentlich.

... von wegen ein kleiner Schritt für einen Menschen! Das Hüttenschaf hier hat den Namen des Ur-Großvaters gewählt, weil er sehr stolz auf ihn ist."

Bunglass und McGregor bekamen vor Staunen außer ihrer Sprachsperre nun auch kaum mehr den Mund zu, und sie hörten, dass sich damals die Flagge auf dem Mond bewegte, obwohl es dort keinen Wind gibt. Das war „Luna Man", der im Vorbeitraben die Flagge gestreift hat; da waren sie erst recht fassungslos.

„Für die Menschen wurde dies alles so nachgestellt", erklärte uns „Luna Man" und fuhr fort: „Ich ärgere mich jedes Mal, wenn ich darüber nachdenke. Leider kann ich nichts weiter unternehmen, denn das richtige Original-Lande-Video gibt es wohl nicht mehr."

Dann legte „Luna Man" ein Foto-Album auf den Tisch in der gemütlichen Hütte und schmunzelte:

„Was ich Euch aber zeigen kann, das ist ein Bild der Schafe, die mit nach Amerika geflogen sind.

Die wurden dort ausgebildet und ihr seht, es ist sogar eine Astronautin dabei. Ur-Großvater ist übrigens das zweite Schaf von rechts!"

„Luna Man" holte zu unserem Erstaunen ein paar Dosen Guinness aus seiner Vorratskammer und es wurde noch eine lange Nacht für uns Schafe", sagte Hajo, dessen Augen wohl in Erinnerung daran etwas feucht wurden. „Und „Luna Man" erklärte uns dann, was es mit der Aufschrift „NASA" auf der dritten Fahne auf sich hat.

„Ich habe natürlich kein Eigentum der Weltraumbehörde mit hierher genommen.

Auf der Flagge vor meiner Hütte bedeuten die vier Buchstaben „National Administration Sheep Adventures" und auf der Rückseite steht noch „Irish Branch".

(Anmerkung Autor: Nationale Verwaltung Schaf Abenteuer, Zweigstelle Irland)

Bunglass und McGregor sahen noch eine ganze Weile stumm vor sich hin. Sie hatten doch etwas Mühe, dies glauben zu können. Aber sie wissen auch, dass ein Schaffreund wie Hajo sie niemals belügen würde.

Bunglass und McGregor werden „Luna Man" niemals verraten. Niemals werden sie erzählen, wo genau die versteckte Hütte ist.

Die beiden gönnen ihm einfach seine selbst gewählte Ruhe, und die Berge, Seen und Täler im Vinschgau sind auch so schöne Orte, wo man seinen Lebensabend in Ruhe genießen kann.

Der Abschied von den Almschafen wurde jetzt vollzogen. Noch viele Dutzend Male mussten Bunglass und McGregor Hufe zum Abschied drücken, dann trabten die beiden zurück ins Tal nach Glurns, wo sie im schönen Pensionsgarten schon sehnlichst erwartet wurden.

Unterwegs nach unten hörten sie noch lange den Gesang der Almschafe, die ihre Gäste mit dem „Bierbrezeln-Lied" verabschiedeten.

Noch lange dachten Bunglass und McGregor darüber nach, ob es in ihrer Familie auch einen Ur-Großvater mit Geheimnissen gibt.

Die Geschichte vom „rostigen Nagel in Glencolumbkille", das war da doch schon so eine Sache. Gab es da vielleicht noch mehr? Bunglass und McGregor werden da mit Sicherheit nachhaken, wenn sie mal wieder in ihren Heimatländern sind.

In der Pension in Glurns wurden Bunglass und McGregor schon von Pia und Karl erwartet. Die beiden grinsten so voller Freude, dass Bunglass schon von weitem rief: „So lange waren wir ja gar nicht weg. Habt ihr etwa so eine große Sehnsucht nach uns?"

„Na klar doch", rief Karl so lautstark den beiden Schafen entgegen, dass sogar die Tagesradfahrer auf dem Weg entlang der rauschenden Etsch aufmerksam wurden – und natürlich sofort Fotos von Bunglass und McGregor mit allen vorhandenen Ausrüstungen machten. Menschen, die sich mit Schafen unterhalten, die auch noch antworten, das gibt es schließlich nicht alle Tage.

Pia war es nun, die den Schafen ebenfalls zu rief: „Kommt erst mal in den Garten und setzt euch, besser noch – ihr legt euch!"
„Das ist wohl auch besser, denn euch erwartet so eine ungeheuerliche Nachricht, dass ihr sonst wahrscheinlich umfallen werdet", legte Karl nach.

Neugierig sind Bunglass und McGregor ja schon immer gewesen; nun aber stieg diese Anspannung in ihnen in unbekannte Höhen. Was mag wohl passiert sein? Was für eine Nachricht?

„Ihr solltet sofort mit euren Gasteltern Helga und Wuulfgeng in Deutschland telefonieren. Die haben eine Hammer-Nachricht für euch!

Wir wollen da nicht vorgreifen, das sollen die beiden euch selbst erzählen!" rief Karl aus, immer noch voll begeistert.

Gar nicht schnell genug konnte es jetzt gehen, bis Bunglass und McGregor ihre deutschen Gasteltern am Apparat hatten.

Neben der allgemeinen Freude, wieder etwas von den Schafen zu hören, war deutlich heraus zu hören, dass da noch etwas anderes war. Die Stimmung war auch in Deutschland mehr als gut, das merkten Bunglass und McGregor sofort.

„Ihr werdet es kaum glauben, aber es ist wahr!" sagte Helga am anderen Ende der Leitung. „Ihr habt Post bekommen!"

„Du meine Güte, Post haben wir doch schon von vielen Freunden und aus ganz Europa bekommen", antwortete McGregor. „Was ist denn so besonders daran?"

„Ihr habt Post aus England bekommen. Auf den Absender werdet ihr nicht kommen; es ist schon ein ganz besonderer Brief", sagte nun Wuulfgeng.

„Macht es doch nicht ganz so spannend", rief jetzt Karl in den Hörer. Er stand neben den Schafen und bekam alles mit, da der Lautsprecher alles übertrug. „Bunglass und McGregor schmelzen mir ja voller Anspannung noch die Holzdielen ein, so heiß sind die beiden Burschen!"

„Gut", antwortete Wuulfgeng. „Ich werde euch jetzt den Brief in die Pension faxen. Ansonsten werdet ihr mir gar nicht glauben, was geschehen ist. Ihr sollt es dort alle selbst lesen können."

Schafe und Menschen starrten gebannt auf das Faxgerät. Man konnte meinen, dass selbst das Atmen eingestellt worden ist. Wenn Spannung knistern soll, auch davon war nichts zu hören. Wann kam endlich das erlösende Papier aus dem Gerät? Da – etwas kündigte sich an. Das Anspringen des Faxgerätes war ein Anfang. Die Welt hatte noch Lebenszeichen. Das Papier im Gerät zeigte einen ersten Zentimeter - und stockte! „Lass es nicht wahr sein, dass jetzt ein Fehler auftritt", rief Bunglass – und alle nickten. „Da, es geht jetzt weiter", McGregor war es jetzt, der die wieder einsetzende Stille unterbrach. Und wieder nickten alle lautlos.

Das Faxpapier ruckte und gab weitere Zentimeter von sich preis. Die Spannung war wohl für alle so hoch, wie bei der Ziehung der Lottozahlen. Nach endlos erscheinender Zeit – obwohl es allen Wartenden nur so vor kam – zuckte das Papier ein letztes Mal; das Faxgerät beendete die Übertragung mit einem hohen Ton.

„Endlich, es ist da!" sprudelte es aus Karl heraus, und Pia meinte dazu: „Mein Gott Karl, du bist ja beinahe so angespannt, wie bei der Geburt unserer Enkel!" „Das ist fast so, nur bin ich hier noch näher dran – bei der Geburt des Faxes", grinste Karl über das ganze Gesicht.

Fast ehrfürchtig nahm McGregor das Papier aus dem Gerät und hielt es triumphierend hoch.

Welche Nachricht würde für die beiden Schafe darauf stehen?

McGregor legte die Nachricht für alle sichtbar auf den Tisch. Es war nicht nur ein Blatt Papier. Oben als Briefkopf war ein „königlicher Absender" aufgeführt. Alle blickten sich an. Zweifellos, dies war eine Nachricht aus dem Britischen Könighaus!

Alle blickten zuerst auf den Unterzeichner. Genau genommen war das Schriftstück von zwei Personen unterzeichnet. Und Bunglass las laut die Unterschriften vor: „ Catherine Duchess of Cambridge und Prince William"

Wieder gab es diese Stille, das Einstellen der Atmung. Zuerst fand McGregor seine Sprache wieder. Laut las er vor und übersetzte es für seine Mithörer gleich in Deutsch: „Lieber Bunglass, lieber McGregor! Auch bis zu uns ist die Kunde eurer Abenteuer vorgedrungen. Ihr scheint ja mächtig viele Freunde zu haben, unseren Informationen nach wohl inzwischen auf der ganzen Welt.

Nun, es sollte sich hoffentlich herum gesprochen haben, dass auch wir sehr tierfreundlich sind. Deshalb hat man wohl euer Problem – hauptsächlich das von McGregor – auch an uns heran getragen. Das Schicksal McGregors und seiner Herde hat uns sehr gerührt. So viel Mut und Tapferkeit muss einfach belohnt werden. Deshalb werden wir etwas für euch unternehmen!"

Schafe und Menschen hielten einen Augenblick inne, konnten immer noch nicht glauben, was sie da sahen und hörten, bis Bunglass das Wort ergriff: „Dass diese beiden Hoheiten wirklich Tierfreunde sind, habe ich schon gehört. Prinz William hat sogar einem Zeitungsbericht nach in einem Smartphone-Spiel auf das Problem der Wilderei aufmerksam gemacht."

„Ich kann mich auch erinnern. In dem Bericht wurde darauf aufmerksam gemacht, dass vor allem gegen die Wilderei von Nashörnern und Elefanten vorgegangen werden muss", fuhr Karl empört fort – und Pia nickte.

„Und ich kann dazu beisteuern, dass es für das Verschlucken von Goldfischen bei einem Trinkspiel in London von einem Gericht zu einer sehr hohen Strafe dafür kam", rief McGregor. „Soweit ich mich erinnere, mussten wohl 200 Pfund gezahlt werden, neben hohen Gerichts-Kosten."

Die Wellen der Empörung waren bei allen Anwesenden zu erkennen, die Mienen hatten sich verdunkelt. Allerdings nur kurz, denn Karl – und nicht nur er – wollte jetzt hören, was sonst noch in dem Fax stand.

Und Bunglass las weiter vor:
„William und ich sind letztendlich zu dem Schluss gekommen, dass es an der Zeit ist, für euch – lieber Bunglass und lieber McGregor – etwas zu tun. Deshalb haben wir beschlossen:

a) Die Fahndung nach McGregor und seiner Familie wird aufgehoben!

b) McGregor und seine Familie sind von den Fahndungs-Listen der NSA- der National- Sheep-Attack - zu streichen!

c) Alle Vereinigungen der britischen Metzger sind von dieser Maßnahme zu informieren!

d) Ab sofort können sich McGregor und seine Familie frei im ganzen Königreich bewegen, sowie natürlich auch seine Freunde und bisherigen Helfer."

Bunglass, McGregor, Karl und Pia sahen sich an, dann noch einmal die Unterschriften auf dem Fax. Es brach ein unbeschreiblicher Jubel aus. Und wieder hielten einige Radfahrer auf dem nahen Radwanderweg vor dem Haus irritiert an.

Als wäre dies alles nicht schon ein wunderschöner Traum, in einem Augenblick der Stille, der nach dem Jubel folgte, meldete sich noch einmal das Faxgerät. Und wieder schob sich ein Papier Zentimeter um Zentimeter aus den Tiefen des Gerätes.

Es war ein zweites Schreiben, das ebenfalls den Briefkopf des Britischen Könighauses trug. Unterzeichner waren auch hier der Prinz und seine Frau – und Bunglass las weiter vor:

„Lieber McGregor, lieber Bunglass, zu unserem Schreiben an euch möchten wir noch etwas hinzu fügen. Wir würden uns sehr freuen, wenn ihr uns im nächsten Sommerurlaub in Schottland auf Balmoral besuchen würdet. Unseren Beschluss über die Aufhebung der Fahndung – zusammen mit einer Ehrung für eure Freundschaft und Tapferkeit – würden wir euch gerne „persönlich" überreichen. Dass wir dies nicht sofort können, liegt an unserem Reiseplan, der uns noch einige Zeit von zu Hause fern hält. Andererseits sollte auch einige Zeit deshalb vergehen, damit auch jeder Metzger im Königreich von unserem Entschluss der Begnadigung erfährt und nicht noch rein irrtümlich etwas passiert. Wir hoffen auf eure Zusage und würden uns wirklich sehr freuen, einige Tage mit euch in den Highlands zu verbringen.

Viele liebe Grüße bis dahin."

William und Catherine

Die folgende Stille ist wohl in ihrer Lautlosigkeit kaum zu toppen. Es war, als ob die Welt still steht. Nicht einmal ein einziger Laut war vom Fahrradweg zu hören, kein Klingeln, kein Reifengeräusch, keine Unterhaltung.

Verdutzte Gesichter sahen sich an. In ihren erstaunten Gesichtsausdrücken unterschieden sich Bunglass und McGregor überhaupt nicht von den sie umgebenden Menschen. Wer würde wohl zuerst die Sprache wieder finden? Natürlich war es McGregor, der ein lautes „Das gibt`s ja wohl gar nicht!" von sich gab.

Die Schafe lagen sich in den Armen, die Menschen taten es ihnen gleich. Und bald lagen sich auch Schafe und Menschen in den Hufen und in den Armen, sich heftig auf die Schultern klopfend.

„Das muss gebührend gefeiert werden!" rief Karl, alle nickten. „Lasst uns zum „Gloria Vallis" traben", bemerkte Bunglass, lauter als sonst. „Da gibt es nicht nur eine gute Küche und einen guten Tropfen, auch das Gras ist dort sehr lecker!"

Gesagt war kurz darauf auch schon getan. Nach kurzem Trab von Schaf und Mensch war das Ziel erreicht. Schon vor dem Eingang wurden alle von den Besitzern Guenther und Anna erwartet; Pia hatte alle angekündigt. „Erzählt uns genau, was passiert ist", sagte Anna. „Und - die erste Runde geht auf uns."

Die Nachricht aus dem Faxgerät, das mit seinem Papier diese allgemeine Freude ausgelöst hatte, wurde ausgiebig beschrieben. Und das Erstaunen war nun in den Gesichtern der neuen Zuhörer mehr als deutlich zu sehen.

Es wurde ein langer Abend und dazu eine lange Nacht, nachdem dieses Treffen zur „geschlossenen Gesellschaft" erklärt worden war. In den frühen Morgenstunden erst trennte man sich. Und nach kurzem Schlaf stand auch schon die Beratung an, wann und wie es nun weiter gehen soll, das mit dem Besuch im königlichen Schloss.

Deutsche Gäste waren mehr als reichlich im Laufe des Jahres in der Pension, aber wie der Zufall es wollte - am nächsten Tag würden Gäste aus Bremen in ihren Heimatort zurück fahren. Die würden fast direkt am Ort der Schaf-Gasteltern Helga und Wuulfgeng vorbei kommen. Gesagt ist fast getan, für Bunglass und McGregor ist im Auto noch Platz, und so geschah es.

Das Auto hupend, Menschen und Schafe winkend, so blieben Karl und Pia zurück, während für Bunglass und McGregor die Heimfahrt nach Deutschland begann.

Die Fahrt ist natürlich relativ lang, für die Schafe war die Zeit aber ziemlich kurz – sie verschliefen wieder einmal den Großteil der Reise. Da es eine Nachtfahrt war, gab es auch keine großen Ereignisse – wie ein Stau am Fernpass. Niemand sah die Schafe, friedlich schlummernd und schon von ihrer neuen Reise träumend.

Am nächsten Morgen wurde schon das Münsterland erreicht, und Helga und Wuulfgeng empfingen Bunglass und McGregor vor Freude strahlend. Die freundlichen Urlauber, die diese schnelle Rückreise ermöglicht hatten, wurden mit frischem Kaffee und einem großen Frühstück belohnt, bis diese danach ebenfalls winkend ihre restliche Heimreise antraten.

Der Tag verging ziemlich schnell, hatten Bunglass und McGregor doch viel zu erzählen. Äußerst interessiert lauschten Wuulfgeng und Helga – natürlich auch Kater Moritz – den Erzählungen der Schafe. Sie alle erfuhren nun, wie sich der Gang auf dem Jakobsweg abgespielt hatte, der Besuch bei den Almschafen am Glurnser Köpfle, und besonders auch die Geschichte mit „Luna Man" faszinierte alle. Wäre das Ganze ein Ausschnitt aus einem Komikheft, alle Zuhörer hätten die große Sprechblase mit „Das gibt`s doch gar nicht!„ über sich.

Voll von neuen Eindrücken beendeten Schafe und Menschen diesen Tag und wünschten sich noch „eine gute Nacht". Bunglass und McGregor lagen noch eine ganze Zeit lang wach nebeneinander. Es herrschte zwar Ruhe, aber jeder der beiden merkte, dass der Andere noch nicht in den Schlaf gesunken war.

„Woran denkst du, Bunglass?" unterbrach McGregor die Stille. „Ich denke an Irland, an meine Herde dort, vor allem an Molly Wolli und Flöckchen", antwortete Bunglass. Und McGregor antwortete postwendend: „Das habe ich mir gedacht, wenn du so still bist – hast wohl Sehnsucht, was? Wir sind ja auch schon recht ziemlich lange weg von Glencolumbkille."

„Das ist wahr", sagte Bunglass. „Ich mache mir aber nicht darüber Gedanken, sondern – weil wir vielleicht noch eine „weitere" Zeit lang weg sind.

Wenn wir nach Schottland reisen, um deine Begnadigungs-Papiere dort persönlich abzuholen, werde ich dich natürlich nicht allein reisen lassen, das ist doch Ehrensache, dass ich meinen besten Freund auf Erden begleite."

„Dann lass uns unsere Freunde in Schottland einschalten, damit die für uns in Balmoral-Castle einen Termin machen, sobald es möglich ist", sagte McGregor, verständnisvoll nickend und fügte noch hinzu: „Du hast mit Molly Wolli ja eine sehr verständnisvolle Partnerin. Sie hat wegen der Wichtigkeit dieser Angelegenheit mit Sicherheit auch weiter Verständnis für deine weitere Abwesenheit von Glencolumbkille, den Eindruck habe ich jedenfalls von ihr, und ich täusche mich da meistens auch nicht."

„Mein Freund, da hast du Recht. Ich denke, dass ich wirklich sehr viel Glück mit meiner Partnerin habe. Übrigens, so ein Glück wünsche ich auch dir mal, wenn es so weit sein sollte", antwortete Bunglass und man konnte auch in der Dunkelheit der Nachtruhe sehr gut das Schmunzeln heraus hören, das aus dem tiefsten Inneren von Bunglass kam.

McGregor lachte laut: „Du spielst wohl auf die Damen deiner Herde in Glencolumbkille an, die mich am liebsten wohl dort behalten hätten?"
„So ist es, mein Lieber, denn das war ja nicht zu übersehen und auch nicht zu überhören, was sich da abspielte.

Du hast dort die große Auswahl. Was allerdings unsere Herren der Herde dazu sagen, dass weiß ich nicht."

McGregor konterte sofort: „Da gibt es sicher keine Probleme, will ich meinen. Da werde ich mich nicht groß in die Familienplanung eurer Herde in Glencolumbkille einmischen."

Und nach einigen Augenblicken des gemeinsamen Schweigens erklärte McGregor noch mit leisen Worten: „Durch diese ganze Geschichte mit dir, Molly Wolli und Tochter Flöckchen habe ich mir erstmals Gedanken darüber gemacht, auch eine kleine Familie in der großen Familie der Herde zu haben, scheint mir doch irgendwie erstrebenswert zu sein. Die Menschen machen es doch auch fast allesamt; also kann ja dann doch nicht so viel daran falsch sein, sollte man meinen."

„Irgendwie willst du mir damit aber noch mehr sagen, als das, was du bis jetzt ausgesprochen hast, McGregor – oder liege ich da falsch?"

„Nein, in der Tat, du hast da schon irgendwie recht, Bunglass. Ich denke, dass ich trotz der großzügigen Aufnahme bei deinen Freunden in Irland doch in meine Highlands nach Schottland gehöre, später jedenfalls, wenn es soweit ist, wie du schon sagtest. Im Augenblick haben wir ja noch etwas vor, was vor allem für mich und meine Herde mehr als wichtig und Lebens notwendig ist.

Und wenn ich weiter so darüber nach denke, unsere Damen in den Highlands haben zum Beispiel ein noch dickeres Fell, denn geographisch liegen wir höher als Glencolumbkille, und da braucht man das. Also, was ich damit sagen will, im Winter sind die noch so richtig schön wärmer, als andere Schafe in anderen Gebieten, und jünger werde ich schließlich auch nicht." McGregor lachte dazu.

„Dann wirst du darüber nachdenken, wenn wir deine Begnadigungs-Urkunde auf Balmoral-Castle in den Händen haben?" fragte Bunglass.

McGregor nickte, und auch wenn Bunglass es in der Dunkelheit nicht sehen konnte, er fühlte es und brauchte somit auch nicht weiter nach fragen. Freunde verstehen sich eben auch so, im Hellen und im Dunkeln, mit oder ohne Worte.

Dann fielen die beiden Freunde in einen tiefen Schlaf.

Auch in Irland war die Nacht inzwischen herein gebrochen, nur eben war es dort auf Grund der Zeitzonen noch eine Stunde früher als bei Bunglass und McGregor im Münsterland.

In Irland lagen mehr als nur zwei Schafe auf der Weide in Glencolumbkille. Molly Wolli war noch wach, ihre Tochter Flöckchen schlief schon seit einiger Zeit. Molly Wolli dachte an Bunglass, dachte an das, was bisher geschehen war, dachte daran, wie lange es wohl dauern wird, bis sie ihre Hufe wieder auf ihre Schultern legen werden und sich lange nicht mehr los lassen. Inmitten dieser Gedanken spürte sie plötzlich, dass sie gar nicht mehr allein war.

Balthasar, der Herdenälteste, hatte sich schon eine ganze Weile in ihrer Nähe aufgehalten, ohne sie zu stören, hatte regelrecht gespürt, was in Molly Wolli in diesen vergangenen Minuten vorgegangen war und sprach sie nun an:
„Ich kann mir denken, dass du so langsam nach Bunglass Sehnsucht bekommst, stimmt`s?"

Molly Wolli lächelte und flötete mit zarter Stimme: „Ich vermisse ihn so sehr und Flöckchen auch. Aber wir alle wissen, dass sich Bunglass und McGregor nicht zum Vergnügen von hier fern halten. Schließlich geht es um die Planung für die Zukunft, dazu gehören auch wir.

Die beiden sind eben sehr abenteuerlustig, das verstehe ich;   sie kennen sich schon so lange.

Viel länger jedenfalls, als ich Bunglass kenne, zumindest so eng, wie das jetzt bei uns seit Flöckchen gekommen ist. Wir sollten den beiden ihre Abenteuer gönnen, sie werden sicher immer dabei auch an uns denken. Wir sehen uns ja wieder, darauf freue ich mich sehr."

„Das Wiedersehen wird um so schöner", munterte Balthasar Molly Wolli auf. „Bunglass hat mir vor seiner Abreise noch erzählt, dass er es in Zukunft so einrichten will, dass er dich und Tochter Flöckchen mit auf die Reisen nehmen kann. Und da Flöckchen so eine gute Schülerin in der Schafschule ist, bestehen von mir aus auch überhaupt keine Bedenken, wenn dadurch mal der eine oder andere Schultag ausfällt. Den wird sie schnell aufholen, da bin ich mir sicher."

Molly Wolli war jetzt wieder voll wach: „Das höre ich doch gern. Wie wir wissen, planen Bunglass und McGregor ja ein Reisebüro für Schafe, und sie werden es sich ja wohl auch nicht nehmen lassen, diese ersten Reisen, deren Ziele sie gerade erst auskundschaften, als Reiseführer zu begleiten. Wenn unsere Tochter und ich mit dabei sind, wird alles nur noch umso schöner werden – für uns alle."

Balthasar wünschte noch eine „gute Nacht" und trabte zu seinem Schlafplatz, der direkt an der Gedenkhütte mit dem rostigen Nagel liegt.

Molly Wolli seufzte noch einmal tief.

Danach fiel auch sie in einen tiefen Schlaf, nicht ohne noch einmal über Flöckchens weiches Fell gestreichelt zu haben. Der letzte Gedanke war Bunglass, der so weit weg war, doch Träume können auch die größten Entfernungen überwinden – und endgültig schlief sie lächelnd ein.

Die „Freunde" in Schottland ließen all ihre Beziehungen spielen. Und als sich abzeichnete, dass auch der letzte Metzger in (ganz) England Bescheid wusste, dass McGregor von der Fahndungs-Liste gestrichen wurde, da ließen sie mit ihren Anfragen nach einem geeigneten Termin zur Aushändigung der „Urkunde" nicht locker, natürlich angemessen vornehm zurück haltend - wegen des besonderen Empfangskomites auf Balmoral Castle.

Die Antwort ließ nicht lange auf sich warten. „Wenn man in Kauf nimmt, dass William und Catherine vielleicht nicht an der Verleihung teilnehmen können," - so hieß es in der königlichen Verlautbarung – „ werde schnell ein Termin gefunden. Die Terminkalender der „königlichen Hoheiten" sind dermaßen voll, dass eine Anwesenheit eben nicht garantiert werden kann."

Nach kurzem Austausch der möglichen Daten einigte man sich – natürlich mit Rückfrage bei McGregor und Bunglass – auf einen Termin – und der war schon in 3 Wochen.

„Du meine Güte, ich glaube, meine Knie werden etwas weich – bei dem Gedanken, was wir bald erleben werden", sagte McGregor mit belegter Stimme und legte seine Hufe auf Bunglass Schulter. „Mir geht es auch so - ist ja auch irgendwie eine tolle Sache."

Drei Wochen gehen manchmal langsam, aber auch manchmal schnell herum. Bei unseren Schafen war es eher schnell. Sie hatten mit ihren Freunden in aller Welt allerhand zu besprechen, seitdem das Netzwerk „Freunde von Bunglass und McGregor" die Nachricht vom kommenden Ereignis verbreitet hatte.

Dann hieß es „ ...noch einmal schlafen", und Bunglass und McGregor schliefen in dieser Nacht irgendwie schneller als sonst, konnten den Tagesanbruch kaum erwarten.

Wuulfgeng brachte Bunglass und McGregor zum Flughafen, der eine direkte Verbindung mit Edinburgh hat. Dort wurden sie von einem Begleiter in Empfang genommen, den sie in den kommenden Minuten auch dringend nötig hatten, wie sich aus dem nachfolgenden Geschehen ergibt.

Als Bunglass und McGregor am Flughafen ankamen und ihre Tickets am Schalter abholen wollten, war man dort sehr erstaunt, dass es sich um Schafe handelt. Es gab einen Riesenauflauf. „Ihr Zwei seid ja wirklich nette Burschen. Wir befördern leider nur Personen im Flugzeug", sagte eine der Service-Damen.

Bunglass und McGregor haben ja schon so einige demokratische Hürden überwinden müssen, deshalb hatten sie auch gleich einen Rechtsanwalt dabei, wofür haben Wuulfgeng und Helga schließlich einen in der Familie.
Der mischte auch gleich den ganzen Check-Schalter auf: „ Ihre Bestimmungen geben sicher nicht her, dass gesittete Schafe nicht in die Kabine dürfen. Auch Hunde werden doch geduldet, wie ich selbst schon erlebt habe."

Am Schalter war man immer noch ratlos. Aber nach Durchsicht der eigenen Bestimmungen waren Schafe darin tatsächlich nicht zu erkennen. Die Tickets waren bereits bezahlt, und die Rückzahlung an Schafe dürfte sich als schwierig erweisen – haben die wohl ein Konto?
Somit trabten Bunglass und McGregor unter dem Jubel der umstehenden Reisenden durch den Checkpoint und gelangten zu ihrer Maschine.

Auch der Pilot der Maschine hatte zugestimmt. Er hatte erkannt, dass in seinem Flugzeug ein Ereignis stattfand, das nicht alle Tage vorkommt. Damit würde er in die Fluggeschichte eingehen.

Er ließ die beiden höchst persönlich in die Maschine, vor allen anderen Fluggästen. Die Stewardessen hatten zur Tarnung den beiden Schafen große Sonnenhüte aufgesetzt und Jacken angezogen.

So saßen Bunglass und McGregor hinten in der letzten Reihe, am Fenster links. Und McGregor rief vergnügt: „Letzte Reihe – was soll`s; es geht jetzt jedenfalls vorwärts und bald aufwärts! Die Formalitäten sind jedenfalls schon einmal geklärt. Mein Freund, ich wünsche einen guten Flug!"

Das Flugzeug war voll ausgebucht. Nach und nach belegten nun auch die anderen Fluggäste ihre Sitzplätze. Da es sich um Dreier-Reihen handelte, blieb auch der Platz neben den Schafen nicht frei. War es nun eine schlechte Laune oder Rache der Fluggesellschaft, war es Zufall, jedenfalls kam ein körperlicher Schnitzelmann auf die letzte Reihe links zu, der augenfällig mehr als einen normalen Sitz beanspruchte.

Bunglass und McGregor war das egal; sie waren ja sportliche Jungs, die mit ihren austrainierten Körpern wohl noch etwas Platz in der Sitzreihe übrig hatten. Ihr „neuer Kumpel" in der Reihe hatte auch noch gar nicht bemerkt, wen er da als Nachbarn hatte.
Zu beschäftigt war er damit, sein Handgepäck im oberen Bereich zu verstauen. Von oben erblickte er dann auch nur die zwei großen Sonnenhüte seiner beiden Platzgefährten.

Als er dann endlich saß und sich mal etwas näher umschaute, durchzuckte ihn ein ziemlicher Schreck. „Du meine Güte", rief er aus. „Ist denn die Luft hier vor dem Start schon so dünn, dass ich schon Schafe neben mir sehe. Habe ich etwa Halluzinationen?" Keiner ahnte, dass sich die Luft wirklich noch sehr verändern würde.

Bunglass und McGregor nahmen ihm seine Bedenken und erklärten ihm die Sachlage in astreinem Deutsch. Sofort beruhigte er sich und flüsterte, um die Schafe nicht zu verraten: „ Ich habe diesen Flug gewonnen, der zu einer Reise gehört. Genau genommen, habe ich eine Diät-Kur-Reise gewonnen, wie man mir wohl unschwer ansieht." Mit einem Blick auf sein sehr großes Handgepäck – und ein Auge zu kneifend – meinte er noch: „Etwas habe ich aber schon vorgesorgt.

Man kann ja nie wissen. Vor meiner Abreise habe ich – was eine Bedingung war – an einem dreitägigen Sauerkraut-Kurs zur Einstimmung teilnehmen müssen. Auch muss ich damit rechnen, überwacht zu werden, und man weiß nie, wann diese Überwachung stattfinden wird."

Demonstrativ holte er eine Tüte aus seiner Tasche und griff hinein. Seine Finger beförderten für Bunglass und McGregor völlig Unbekanntes zum Vorschein, Sauerkraut. Die Schafe hielten es für Gras und Bunglass meinte: „Du meine Güte, für uns sieht das aus, als wenn bereits Wiederkäuer ihre Arbeit daran geleistet hätten."

Alle Drei lachten – noch! Die Kur, die ja bereits eigentlich mit dem Sauerkraut-Einstimmungs-Kurs schon begonnen hatte, zeigte bereits Wirkung. Bunglass und McGregor sahen sich mehrmals an, da unüberhörbar arbeitende Darmgeräusche ihres Sitznachbarn an ihre Ohren drangen. Dies ließ sich ja gerade noch ertragen, aber nach und nach drang auch etwas anderes an ihre empfindlichen Nasen. Beide Schafe stellten gleichzeitig die Frischluftdüsen über ihnen auf „volle Pulle". Die Fenster ließen sich leider nicht öffnen.

„So lange dauert der Flug ja nicht", dachten Bunglass und McGregor, wir werden überleben!

Es sollte außer den zeitlichen Gegebenheiten doch ein sehr langer Flug werden. Der Diät-Fluggast begann schon nach kurzer Zeit, ein bestimmtes Örtchen im Flugzeug aufzusuchen, das sich direkt hinter der letzten Sitzreihe befand. Die Kur zeigte Wirkung! Anscheinend löste sich alles bereitwillig, was vorher wohl verstopft war. Als der „Nachbar" jedenfalls die Tür wieder öffnete, schlug eine richtige Wolke auf die Passagiere der nächsten 10 Sitzreihen ein. Nun richteten alle Passagiere ihre Frischluftdüsen voll auf ihre Atmungsorgane, die kurz vor dem Versagen standen.

An Bord befand sich auch eine Delegation der Europäischen Union, wohl auf der Suche, was man irgendwie ändern oder an Vorschriften noch hinzufügen könnte.

Auch die blickten in Richtung der unsichtbaren Wolke, begaben sich tapfer dorthin und erspähten die Schafe, die sie ihrer Meinung nach als Ursache ausmachten. Sofort kreisten Vorschriften durch ihre Köpfe. Sie meinten, dass es anscheinend wohl doch einen Sinn macht, Tiere nur im Frachtraum zu befördern. Da hatten die Delegierten aber die Rechnung ohne die beiden Schafe gemacht. Bunglass und McGregor forderten die Delegation zu einer Schnüffelprobe auf.

Unterstützung bekamen die Schafe von einer weiteren Delegation, die auch an Bord war. Deren Vertreter einer sehr großen Tierschutzorganisation verteidigten natürlich sofort Bunglass und McGregor und wiesen die anderen in ihre Schranken.

Und noch weitere Unterstützung kam jetzt auch von den übrigen Fluggästen, von denen schon viele unangenehme Erfahrungen mit der Regel-Wut der EU gehabt hatten. Auch die Kabinencrew war auf Seiten der Schafe. Sogar der Kapitän kam aus seinem Cockpit, um sich zu informieren, was an Bord seiner Maschine so vor sich ging. Nach kurzer Beratung wurden die Sieger aus diesem Streit durch die Chef-Stewardess verkündet: „…und die Gewinner sind –
Bunglass und McGregor!"
Kurz danach war der Flug schon vorbei. Bunglass und McGregor wurden mit großem Hallo von (fast) allen Passagieren und der kompletten Flugzeug-Besatzung verabschiedet.

Elegant trabten die beiden von Bord und wurden sogleich von schottischen Freunden in Empfang genommen. Nach weiterer kurzer Fahrt trafen Bunglass und McGregor in Pitlochry ein, wo sie in einer wunderschönen Bed and Breakfast Anlage von Andrea und Martin begrüßt wurden.

Anmerkung Autor:

Inzwischen wurde bekannt, dass die betreffende Fluggesellschaft doch noch ihre Statuten geändert hat, dass nun wirklich nur noch Personen nicht-Tierischen Ursprungs direkt an Bord dürfen. Wenn man mal überlegt, was man so hört und sieht, ist das mit dem „nichttierischen Ursprung" auch bei einigen Menschen manchmal mehr als fraglich, wie die sich benehmen.

Proteste sind also schon vorprogrammiert, und Bunglass und McGregor werden sich an die Spitze stellen. Inzwischen haben sie schon Protestschilder entworfen – wie zum Beispiel:

„Auch Schafe haben das Recht, mal in die Luft gehen zu dürfen!"

Bunglass und McGregor war die Freude voll anzumerken, nicht nur, dass sie jetzt hier wieder in Schottland waren, nicht nur, weil sie Vorfreude auf das hatten, was sie in 2 Tagen erwarten würde.

Sie machten auch einen Jubelsprung, als für sie völlig unerwartet weitere Freunde um die Ecke schauten und ihnen ein herzliches Willkommen boten. Bunglass und McGregor wollten erst ihren Augen nicht trauen, das waren doch tatsächlich Freunde aus Deutschland, das waren doch Matthias und Silvia.

„Wie kommt ihr denn hier her, ist das ein Zufall?" rief Bunglass ihnen zu. Inzwischen wusste Bunglass, dass anscheinend in der Welt der Menschen alles möglich ist. Er hatte dieses so heftig augenzwinkernd den deutschen Freunden zugerufen, dass McGregor ihn schon besorgt ansah und meinte: „Hast du da was am Auge?"

„Keine Angst, McGregor", lachte Bunglass zurück. „Ich habe nur Angenehmes im Auge. Es ist einfach alles nur schön, was wir hier erleben dürfen; schön, dass ihr hier seid!"

McGregor meldete sich: „Für uns ist das ja alles nicht ganz so vertraut, das mit der Etikette.
Sollten wir nicht einmal darüber reden, wie wir uns auf dem Sommersitz der Königin verhalten und benehmen müssen? … wäre doch vielleicht ganz angebracht, oder?"

„Das stimmt, wäre angebracht, wenn wir verdutzte Gesichter vermeiden wollen", sagte Bunglass. „Wenn ich noch an die ratlosen Gesichter der Damen am Flugschalter denke, als du fragtest, ob auch Schafe „Gutschriften für Flugmeilen" erhalten, denke ich, wir üben noch ein bisschen."

In Andrea und Martin und weiteren anwesenden Freunden von denen, die unbedingt auch einmal Bunglass und McGregor „Live" erleben wollten, hatten die Schafe sehr gute Lehrmeister.

Sie lernten schnell, wie man sich beim bevorstehenden Anlass möglichst gut benimmt, obwohl die „andere Seite" wohl auch kaum Erfahrungen im Umgang mit Ehrungen für Schafe haben wird.

Und nicht vergessen wurde zu erwähnen, dass auch die Königin nur Gast in Schottland ist. Zwar verhält es sich politisch etwas anders, aber darüber gab es keine Debatte. Die kürzlich erfolgte Abstimmung über den Verbleib Schottlands verlief auch mit Blick auf die finanzielle Seite so, wie sie ausgegangen ist, viel Herzblut war aber geflossen.

Selten waren sich Mensch und Tier so einig, wie in diesem Augenblick, als die schottische Nationalhymne angestimmt wurde.

Matthias sah auf seine Uhr und rief erstaunt aus:

„Wisst ihr eigentlich, wie spät es inzwischen geworden ist? Wenn ihr morgen glänzen wollt, Bunglass und McGregor, dann solltet ihr noch ein paar Stunden Schlaf bekommen!"

Wieder waren sich alle einig. Morgen würde es zwar einen schönen Ereignistag geben, aber gähnend sollten Bunglass und McGregor nicht in Balmoral Castle eintreffen.

Ganz ruhig schlief wohl wirklich Niemand im Haus und auf dem Rasen im schönen Garten. Und fast zu schnell war daher die Nacht vorbei. Vor allem vorbei war sie für Bunglass und McGregor, denn in der Frühe setzte ein ziemlicher Regen ein, der sich in ein wahres Unwetter steigerte. Die Schafe flohen in einen regensicheren Raum; schließlich wollten sie nicht ihr am Vortag noch besonders gepflegtes Fell ruinieren.

Zuerst in aller Frühe zu Gesicht bekamen die beiden ihre lieben Gastgeber Andrea und Martin.
Deren Gesichter waren sorgenvoll, nicht zu vergleichen mit der Fröhlichkeit, die noch am Abend zuvor geherrscht hatte.

„Was ist denn passiert?" McGregor war es, der dies so laut rief, dass alle weiteren Gäste im Haus Sekunden später um Andrea, Martin und die Schafe herum standen.

„Wir haben gerade in den Nachrichten leider für heute nichts Gutes gehört", sagte Andrea.

„Es wurde gemeldet, dass die Straßenverbindung von hier nach Balmoral Castle unterbrochen ist. Es hat diese Nacht so stark geregnet, dass ein Teil der Straße weg geschwemmt wurde. Für Autos ist der Weg daher zurzeit gesperrt. Es ist nicht absehbar, wie lange dies dauern wird."

Einige Zeit lang herrschte Ratlosigkeit in allen Gesichtern, stumme Ratlosigkeit. Und aus „einiger Zeit" wurde eine lange „einige Zeit". Silvia und Matthias waren es, die zuerst zaghaft das Wort ergriffen, dann - von der eigenen Idee voll überzeugt - Bunglass und McGregor ansprachen: „Hört mal zu, wir könnten über folgende Lösung eures Problems nachdenken. Ihr wisst doch, dass wir mit unseren Motorrädern hier sind.
Wenn die Straße nicht total gesperrt ist, mit unseren Motorrädern könnten wir es schaffen."

Allen erschien es, als würde der Raum in diesem Augenblick schlagartig heller. Lag es an der Motorrad-Idee oder hatte das Wetter ein einsehen und die Sonne spendete ihr positives Licht in dieser Situation? Auf jeden Fall kam wieder Leben in die Versammlung von Mensch und Tier. Sekunden zuvor noch hatten allesamt mit betretenen Mienen ratlos herum gestanden.

„Ich werde sofort die zuständige Straßenwacht anrufen, ob die Idee mit den Motorrädern machbar ist", sagte Martin, verließ den Raum und wählte sorgfältig die ihm für solche Fälle bekannte Nummer.

Es dauerte nur wenige Minuten, bis er wieder im Raum der Versammelten stand, die Martin voller Anspannung ansahen. Martins Miene sprach Bände und Bunglass und McGregor waren die ersten, die erst einmal tief durch atmeten. Nach und nach hörte man auch die weiteren Anwesenden wieder Atmen.

„Deinem Gesicht nach hast du positive Nachrichten für uns", sagte McGregor, den die ganze Geschichte mit Balmoral Castle ja am meisten interessierte, zumindest war er der am meisten Betroffene.

Martin grinste und sah McGregor direkt an: „Ich habe insofern gute Nachrichten. Die Straßenwacht hält es für möglich, mit den Motorrädern durch zu kommen."

Bunglass fragte sofort nach: „Wie sollen wir denn auf den Motorrädern dorthin kommen. Es ist mir schon klar, dass Matthias und Silvia uns zum Treffpunkt ins Schloss fahren, aber da McGregor und ich nie auf einem Motorrad gesessen haben, wie sollen wir das überstehen?"

Matthias überlegte kurz: „Wenn euch die Sache auf den Motorrädern zu gefährlich ist, vielleicht können wir Beiwagen montieren. Zeit dazu hätten wir, da euer Termin erst am Nachmittag ist; doch wo bekommen wir jetzt Beiwagen her? Was meinst du dazu, Martin?"

Der grinste und antwortete auch sofort: „Diese Idee hatte ich auch und die Leute vom Straßendienst gefragt, welche Breite von Fahrzeugen die für möglich halten, um die Engstelle beim Erdrutsch passieren zu können. Leider würden Motorräder „mit Beiwagen" nicht durch kommen; die Situation ist dort wirklich sehr kritisch."

In diesem Augenblick läutete das Telefon von Martin. Alle blickten zum Telefon, dann zu Martin, dessen Gesicht einen immer erstaunteren Ausdruck annahm. Und nachdem das Gespräch beendet war, verkündete er den Inhalt, selbst immer noch ungläubig schauend. „Ihr werdet es kaum glauben, ich übrigens selbst nicht, wenn ich nicht persönlich am Hörer gewesen wäre.
Wisst ihr, w e r das war? Es war Prinz Harry, der euch empfangen wird, lieber Bunglass, lieber McGregor. Die anderen Mitglieder seiner Familie, die auch sehr gerne an diesem besonderen Ereignis teilgenommen hätten, sind heute nicht dort auf dem Schloss. Ein unvorhersehbares Ereignis hat dies leider verhindert. Doch das ist nicht alles! Prinz Harry hätte euch sogar mit dem Hubschrauber abgeholt, aber wetterbedingt darf nicht mal der starten, und das will doch schon etwas heißen!"

Es herrschte ein langer Augenblick der absoluten Ruhe. Dann ergriff Silvia das Wort: „Wie wäre es denn, wenn wir Bunglass und McGregor auf den Soziussitzen der Motorräder irgendwie befestigen können?

Nur Anklammern an uns ist etwas zu gefährlich, vor allem bei diesen Straßenzuständen. Das können wir wohl kaum verantworten."

Matthias war es jetzt wieder, der seine zündende Idee verkündete: „Wir könnten Bunglass und McGregor mit Spanngurten an uns befestigen. Wenn wir dann sehr vorsichtig, vorausschauend und umsichtig fahren, was wir ja eigentlich immer tun, dann sollte das auch gut gehen. Der Termin ist einfach zu wichtig. Es muss einfach irgendwie möglich sein."

„Mein Mann, der Held", sagte Silvia schmunzelnd und fügte noch hinzu: „Eine gute Idee, wie man sie von dir gewohnt ist. Ich hätte noch eine Ergänzung zur Sicherheit unserer Passagiere. Wir könnten die Fußrasten erhöhen. Das entspannt die ganze Sache doch auch noch ein bisschen."

Im Gegensatz zum Zeitpunkt der Erdrutsch-Nachricht war die Stimmung jetzt im Augenblick vehement fröhlicher. Langsam breitete sich eine Stimmung der Erlösung aus, und McGregor und Bunglass gingen umher und ließen keinen aus, um sich durch Schulter-Hufschlag bei allen zu bedanken, die sich so ideenreich für sie einsetzen.

Irgendwie war die Zeit schneller vergangen, als man heute Morgen gedacht hatte.

Die Zeiger der großen Standuhr mahnten jetzt langsam zur Eile. In Minutenabständen trafen jetzt Nachbarn und Freunde von Martin und Andrea ein. Sie alle waren informiert, wie ein Lauffeuer hatte sich herumgesprochen, was dort im Hause vor sich ging und vor allem – worum es ging.

Jeder brachte irgendeinen Gegenstand, der benötigt wurde, da waren es Spanngurte, Regenjacken, Regenhosen und Motorradhelme. Bunglass und McGregor probierten fleißig und fanden besonders die Motorradhelme großartig. Damit die beiden nicht verdreckt und nass zu ihrer Audienz kommen, war auch die Regen-Bekleidung sehr sinnvoll.

Die für Schafe zu langen Regenhosen wurden an den unteren Hosenbeinen zusammen gebunden. Klebestreifen verhinderten, dass Nässe eindringen kann. Bunglass und McGregor waren als Schafe kaum mehr zu erkennen. Sie ähnelten jetzt eigentlich mehr Astronauten oder zumindest Arbeitern, die zum Beispiel strahlende Fässer umschichten müssen.

Auch Matthias und Silvia hatten ihre Regenkombis angelegt. Sie ließen ihre Maschinen an und forderten Bunglass und McGregor jetzt auf, hinter ihnen Platz zu nehmen. Die zahlreichen anwesenden Helfer hatten inzwischen die Fußrasten erhöht und sicher befestigt.

Sicher befestigten sie jetzt auch die Schafe und zurrten diese mit den Spanngurten an ihre Vorderleute fest.

„Bei Löwen oder Tigern wäre mir nicht so wohl, wenn die hinter mir sitzen würden", rief Matthias noch, dann gaben Silvia und er vorsichtig Gas und die abenteuerliche Reise von Mensch, Schaf und Maschine begann. Martin hatte zur Vorsicht noch einmal mit den Arbeitern an der verrutschten Straße telefoniert, damit am Ende die Fahrt „der Vier" nicht doch noch dort endet.

Alles war auf Grün geschaltet; mehr konnte man wirklich jetzt nicht mehr tun. Hinter den Visieren der Motorradhelme kann man ja nicht viel von den Gesichtern erkennen. Dann hätte man sehr wohl gesehen, dass dort ein Grinsen stattfand, das man wohl ohne weiteres als Dauergrinsen bezeichnen kann. Dies rührte vor allem daher, dass die Leute am Straßenrand stehen blieben und ratlos zurück blieben, was sie da wohl soeben gesehen haben. Riesige Fragezeichen in großen Sprechblasen wären hier im Komikheft wohl angebracht. Matthias, Silvia, Bunglass und McGregor bemerkten, was da am Straßenrand vor sich ging und hatten ihren Spaß.

Als die nicht ganz normale Reisegruppe am Erdrutsch ankam, waren es die Bauarbeiter, die zwar vorgewarnt waren, aber es dennoch selbst kaum mit eigenen Augen glauben konnten, was da auf sie zu kam.

Es gab nur eine kurze Rast, bei der viele Fotos der Motorradtruppe geschossen wurden. Sicher gab es heute nach Feierabend zu Hause viel zu erzählen.

Die Motorräder näherten sich Balmoral Castle und wurden kurz davor von einer Eskorte von weiteren Motorrädern in Empfang genommen.

Im Umgang mit Besuchern, die Schafe sind, ist man auf Balmoral Castle offensichtlich noch nicht allzu vertraut.
Sicher hatte man auch dort nach Benimmregeln geforscht, wie man sich in solchen Situationen verhält. Leider hatte man nichts gefunden, nicht einmal bei den sonst so erfindungsreichen königlichen Ratgebern.
So wurde der Empfang in einen Innenhof gelegt, wo auch ein Teil des dortigen Rasens überdacht ist. Anscheinend dachte man, Schafe brauchen unbedingt auch Gras; vielleicht war man sich auch nicht so ganz sicher, was die Stubenreinheit von Schafen betrifft.

Ohne ihre Ankündigung wären die seltsamen Vermummten wohl sicher erst mal an die Seite genommen und verhört worden. So ging aber alles gut, und Besucher und Eskorte fuhren am Haupteingang vor. Nachdem sich Bunglass und McGregor ihrer Regenkleidung entledigt hatten, waren Mensch und Schaf auch wieder voneinander zu unterscheiden.

Am Eingang wartete die Empfangsdelegation schon auf Bunglass und McGregor, und mitten unter ihnen stand „Prinz Harry", den Schafen munter zuwinkend.

Matthias und Silvia wurden in einen weiteren Gästebereich geleitet. Nachdem auch sie sich die durch die verschlammte Straße ziemlich gefleckten Motorradoveralls ausgezogen hatten, genossen sie sichtlich den ihnen dargereichten Tee und typisch leckeres englisches Gebäck.

Zu ihrer Überraschung kam Prinz Harry an ihren Tisch und bedankte sich im Namen des Hauses für den speziellen Dienst, die Schafe pünktlich nach hier zu bringen. „Gütiger Himmel", sprach er begeistert: „So eine Urkunde habe ich auch noch nicht überreicht, geschweige denn so eine überhaupt jemals gesehen. Und dann an Schafe, die einem auch noch in meiner Sprache antworten. Also, vielen Dank noch einmal."

Dann eilte der Prinz hinaus in den Innenhof, wo Bunglass und McGregor warteten, jedoch ohne Langeweile zu haben - gab es doch jede Menge interessantes zu sehen, und alles ganz glauben, das konnten die beiden Schafe auch jetzt immer noch nicht.

Die Überreichung der Urkunde geschah in einer äußerst heiteren und sehr gelösten Stimmung, was nicht auch zuletzt am Prinzen lag, der immer wieder rief „Ich glaub es nicht, was ich hier tue".

Auch alle anderen umher stehenden Personen kamen aus dem Lächeln kaum heraus, und am königlichen Hofe stehen meistens viele herum, was immer sie auch für eine Aufgabe haben.

Nach der Verlesung der Urkunde kam noch ein weiterer Gast hinzu, der zu diesem Termin ebenfalls geladen war. McGregor sah diesen Gast völlig entgeistert an, als dieser vorgestellt wurde. Es war – der Vorsitzende der NSA, der National Sheep Attack, der Vereinigung der Britischen Metzger, es war Wild Bill Hunter.

Größere Gegensätze stehen sich wohl seltener gegenüber, als es in diesem Augenblick der Fall war.   Auf der einen Seite steht McGregor, das mutigste Schaf der schottischen Geschichte, dem man und seiner gesamten Herde nach dem Leben trachtet, nur zwei Schritte weiter der Mann, der alle Metzger in England befehligt und dafür gesorgt hat, dass McGregor zur Fahndung ausgeschrieben und auf vielen Plakaten als gesucht beschrieben war.

Aber es war vorbei – der Bann war dank der königlichen Fürsprache aufgehoben, alle Metzger in England sollten inzwischen Bescheid wissen.

McGregor drehte sich zu Bunglass um: „Ist das zu fassen, was hier gerade passiert? Hättest du das in deinen kühnsten Träumen gedacht?"
Bunglass schüttelte nur seinen wolligen Kopf, der Sprache war er aufgrund der Überraschung im Augenblick noch nicht mächtig.

Wild Bill Hunter hatte sich inzwischen gefasst, als er zu den Schafen sagte: „Ihr seid mir ja zwei interessante Gesprächspartner; Schafe, dazu auf zwei Beinen stehend und mich in meiner Sprache anredend.   Ich hoffe, diese Begegnung wird durch Fotos oder besser noch durch ein Video dokumentiert.   Ansonsten werde ich es schwer haben, das glaubhaft rüberzubringen, was hier passiert.   Das dürfte jetzt wirklich ein historischer Augenblick sein, ist es nicht?"

McGregor sah sich die von Prinz Harry überreichte Urkunde noch einmal genauer an. Da stand doch tatsächlich noch ein Zusatz zum Schluss

„… und zustimmend für alle Metzger in England unterzeichne auch ich dieses Dokument – verpflichtend für die NSA : Wild Bill Hunter."

Bunglass und McGregor war eine große Last von den Schultern genommen worden; wäre diese auf ihre Hufe gefallen, so hätten sie jetzt wohl Platthufe. Langsam kam auch wieder mehr Farbe in ihre Gesichter, und selbst dem NSA-Vorsitzenden, der eigentlich immer ein rosiges Gesicht mit sich trägt, dem wurden die Backen richtig rot, als er zu den Schafen sprach:
„Wenn man so tapfer ist wie ihr, so viel auf euch nehmt für Freunde und Familie, dann habt ihr es euch wirklich verdient, nicht weiter verfolgt zu werden. Auch wenn meine Mitarbeiter im Grunde zu Tieren ja anders eingestellt sind, als mit ihnen Gespräche zu führen, in diesem speziellen Fall, der so eine Tragweite hat, dass wir uns hier auf königlichem Boden treffen, da stehe ich voll hinter dieser Begnadigungs-Urkunde. Und ich würde niemandem raten, von diesem Text abzuweichen!"

McGregor und Wild Bill Hunter gingen aufeinander zu. Da es mit Händeschütteln etwas schlecht war, Hufe und Finger hakeln nicht so gut, legten sie Hufe und Arme umeinander, bekräftigten diesen Akt, während Bunglass einige dokumentarische Fotos schoss.

Prinz Harry geleitete Bunglass und McGregor zu Silvia und Matthias, und natürlich durfte auch „Wild Bill Hunter" nicht fehlen, der artig noch um ein Schlusswort bat, was ihm wohlwollend von höchster Stelle bewilligt wurde:

„Lieber McGregor, lieber Bunglass, ich verspreche euch, dass mir und bei uns zu Hause in absehbarer Zeit kein Schaf auf den Teller kommt. Entschuldigt meine vielleicht etwas schroffe Ausdrucksweise, aber es soll meinen besten Willen zeigen und noch einmal gesagt – meine Hochachtung vor so viel Tapferkeit und Freundschaft ausdrücken. Ich würde mich sehr freuen, wenn wir uns noch einmal für ein etwas längeres Gespräch treffen könnten."

Silvia und Matthias sahen sich an und konnten kaum mehr tun, als immer wieder ungläubig die Köpfe zu schütteln. Und als Prinz Harry ihnen - noch einmal zum Dank - eine Flasche vom besten schottischen Single Malt überreichte, da war dieser Tag endgültig einer der Höhepunkte in ihrem Leben.

Etwas knallartig endete dann das ganze Treffen. Das schlechte Wetter kehrte zurück. Ein Donnerhall war einem noch entfernten Gewitter als Botschafter voraus geeilt, und alle sahen ein, dass schleunigst die Rückfahrt nach Pitlochry angetreten werden sollte, wenn man noch heute dort eintreffen möchte. Noch war die Straße für die Motorräder befahrbar, was sich aber schnell ändern konnte.

Bunglass und McGregor wurden wieder wie auf der Hinfahrt auf den Motorrädern befestigt, alle hatten erneut ihre Schlechtwetter-Kleidung angezogen, die Helme aufsetzt, und Matthias und Silvia starteten die Maschinen.

Heftig auf beiden Seiten winkend wurde Abschied genommen und McGregor rief dem Wild Bill noch zu: „Einige Tage sind wir noch in Pitlochry, fragen sie doch einfach nach Andrea und Martin. Es wäre auch für uns interessant, noch einige Meinungen und Geschichten auszutauschen."

Und McGregor wusste in diesem Augenblick noch nicht, was daraus entstehen würde.

Schon am nächsten Tag waren fleißige Hände wieder seit am frühen Morgen dabei, die Folgen des Unwetters von der Straße Balmoral Castle – Pitlochry zu entfernen. Und gegen Mittag war die Straße auch wieder fahrbereit.

Nur Minuten später nach dieser Nachricht befand sich Wild Bill Hunter auf dem Weg nach Pitlochry, fragte sich durch zu Andrea und Martin und stand zum Erstaunen von Bunglass und McGregor vor ihnen.

„Das ging ja schnell", rief McGregor aus. „Eigentlich dachte ich nicht, so schnell wieder einen Metzger zu sehen – nach der ganzen Aufregung!"

Wild Bill grinste breiter als ein Breitmaulfrosch und sein Gesicht verwandelte sich wieder von rosa in rot. Bunglass schoss der Gedanke durch den Kopf, dass auch grinsende Metzger sehr gefährlich sein können, zumal - wenn sie ein Beil oder scharfes Messer dabei haben. Zum Glück konnte aber auch er nur ein freundliches Grinsen und keine Waffen erkennen.

Wild Bill schien diese Gedanken zu erraten, als er Bunglass und McGregor in die Gesichter sah. „Darf ich Freunde zu euch sagen? Das fände ich ziemlich großartig, mit Schafen „befreundet" zu sein. Ich komme wirklich in sehr friedlicher Absicht!"

McGregor und Bunglass sahen sich nur kurz an, streckten Wild Bill ihre Hufe hin und riefen: „Gib uns die Fünf!" Lautes Gelächter war die Folge.

Alle saßen im schönen Garten der Anlage; auch einige weitere Gäste des Hauses hatten sich hinzu gesellt und wollten sich diese seltsame Versammlung nicht entgehen lassen. Andrea hatte bequeme Stühle bereit gestellt, die Schafe lagen im Gras, Martin servierte einen Single-Malt, der den schönen Tag abrunden würde.

Aber es war noch lange nicht Schluss, es wurde ein langer Abend. Denn zur Überraschung von Bunglass und McGregor kam noch etwas zur Sprache, womit keiner der Anwesenden gerechnet hatte.

Wild Bill Hunter war es, der eine Idee ins Spiel brachte. „Wir Metzger waren damals ja sehr gefrustet von deiner Flucht, lieber McGregor. Du bist wohl das erste Schaf, das jemals auf einer Fahndungsliste gestanden hat. Also kannst du ahnen, wie es in vielen von uns ausgesehen hat. Wir waren gekränkt, das kann man wohl so sagen, so an der Nase herum geführt zu werden – obwohl wir doch Menschen sind und du und deine Familie nur – sorry – Tiere."

„Geschenkt und verziehen", rief McGregor fröhlich in die Runde. „Wir Schafe haben ziemlich oft gelacht, wenn wir wieder einmal an einer Sperre von euch durch eine Lücke geschlüpft sind. Und auch bei uns gibt es das Wort vom „dummen Menschen", was ja wirklich gar nicht angebracht ist. Man sollte Mensch und Tier eben gleich gut behandeln. Das dies auch geht, das sieht man doch jetzt hier in diesem Augenblick."

„Ich sehe, wir verstehen uns", erwiderte Wild Bill. „Aber ich möchte jetzt noch zu einem Punkt kommen, worüber ich mir schon länger Gedanken gemacht habe, seit ich von der bevorstehenden Begnadigung erfahren habe. Nun, der Punkt ist der – meine Kollegen und ich haben uns überlegt, dass wir mit euch Schafen einen fairen Wettstreit austragen können, um eine Revanche zu bekommen, da wir euch so nicht erwischt haben. Das soll – wie gesagt – ein fairer und sportlicher Wettkampf sein. Es könnte – wie damals – auch eine Jagd sein, eine Jagd von uns auf euch durch Schottland, nur sehr friedlich, sportlich eben und völlig ohne Waffen. Was sagt ihr dazu?"

Verblüffung ist nicht die Sache von Bunglass und McGregor, jedoch lernten sie diese gerade nach den vorausgegangenen Sätzen des Obermetzgers kennen. „Ich denke, dass dies ein sehr interessanter Gedanke ist", meinte Bunglass. „Lasst uns mal darüber nachdenken, wie dieser Wettstreit denn aussehen könnte."

McGregor meldete sich: „Örtlich ist dies alles ja schon mal nicht beschränkt, wenn es eine „Jagd durch Schottland" sein soll. Und wenn wir viele Schafe mit einbeziehen, so lernen auch die mehr kennen, als sie es von ihren Weiden gewohnt sind. Bunglass und mir hat es ja auch gut gefallen, andere Länder zu sehen."
„Genau", rief Bunglass. „Das würde ja sogar gut zu unseren Plänen mit dem Reisebüro für Schafe passen. Fangen wir in Schottland damit an."

Nun war es Wild Bill, dessen Augen sich weiteten, dessen Ohren sich strafften und nach vorn richteten. Bunglass und McGregor erzählten ihm von ihren Plänen und auch davon, dass sie schon angefangen hatten, Ziele für die Schaf-Reisen auszusuchen. Schottland war bisher nur deshalb kein Ziel gewesen, weil McGregor ja auf der Fahndungs-Liste gestanden hatte. Nun war alles wieder in Ordnung, neue Ziele taten sich auf.

Einige Stunden lang arbeitete man einen Plan aus, wie alles aussehen könnte – das mit der Jagd durch Schottland. Gerade als Martin eine neue Flasche edlen Single Malt brachte, kamen auch Silvia und Matthias von einer Motorrad-Tour zurück, die sie unbedingt vor ihrer Abreise noch machen wollten, zumal sich das Wetter nun von seiner besten Seite zeigte, tolles Fahrwetter also.

Bunglass und McGregor weihten die beiden kurz in das ein, was bisher besprochen wurde und Matthias hatte auch sofort wieder eine Idee. „Wie wäre es denn, wenn ihr daraus einen „internationalen Wettstreit" der Schafe machen würdet? Vielleicht gibt es sogar Fördergelder!"

„Stimmt", rief Silvia. „Die EU macht vielleicht ein paar Euro locker, die zahlen ja sonst auch für alles. Und wenn wir die Tierschutz-Vereine einspannen, gibt es sicher auch von dort Unterstützung. So ein Unternehmen, wie ihr euch das vorstellt, das braucht schon ein finanzielles sicheres Standbein."

Es wurde ein sehr langer Abend, der sich bis tief in die Nacht hinein zog, aber irgendeinmal brauchen auch Menschen und Tiere eine Mütze voll Schlaf.

So wie der vorherige Abend lang war, so kurz war die Nacht. Ohne große zeitliche Verabredung trafen sich alle schon am recht frühen Morgen wieder. Anscheinend ließ die Planung des Wettstreits ihnen keine große Ruhe.

McGregor eröffnete die Beratung. „Weil alles so frisch ist, sollten wir versuchen, ob wir dieses Super-Event noch in diesem Jahr hin bekommen. Bunglass und ich hatten gestern vor dem Einschlafen noch die Idee, Fans von uns in mehreren Ländern anzurufen, um einige Gruppen von Schafen zu begeistern, damit dieser Wettstreit auch wirklich international ist."

„Genau", sagte Bunglass. „Wir dachten dabei an Freunde in Italien, Deutschland, der Schweiz und natürlich in Irland und Schottland. Die könnten uns dabei helfen, schnell das Teilnehmerfeld beisammen zu haben."

Einstimmiges Kopfnicken war die Folge. So viel gab es aber noch zu regeln. Es galt jetzt auch die Anzahl von Jägern und Gejagten fest zu legen, nachdem sich alle Anwesenden für Schaf-Teams aus den genannten Ländern entschieden hatten, und natürlich waren auch die Trupps der jagenden Metzger noch zusammen zu stellen.

McGregor war es, der dafür seine Ideen ins Spiel brachte: „Es sollten in den einzelnen Länder-Schaf-Teams nicht allzu viele Schafe sein, weil das schnell auffallen würde. Etwas Spannung macht dieses Unternehmen ja wohl auch viel interessanter. Ich plädiere für 3 Schafe pro Team und einen Begleiter, möglichst einen Schäfer aus dem entsprechenden Land, dem die Schafe vertrauen und den sie vor allem verstehen."

„Ok, das ist ein sehr guter Vorschlag", meinte Wild Bill. „Dann wäre der Gegenpart der Metzger auch mit je einem Zweier-Team gut aufgestellt. Ich meine, das Verhältnis von Jäger und Gejagten wäre so ziemlich gut verteilt, was meint ihr dazu?"

Wie aus einem Munde riefen Silvia und Matthias voll begeistert: „Super Idee, das wird was! Wir sollten auch noch über die Art und Weise der Fortbewegung sprechen. W i e dürfen sich denn alle bewegen – nur offen, oder auch verdeckt oder versteckt, zumindest teilweise? Schließlich sollen beide Seiten ihre Chancen haben."

Nach eingehender Beratung wurde einstimmig beschlossen, dass jeweils nur für höchstens 20 Minuten mal ein geschlossenes Versteck aufgesucht werden darf. So könnte man manchmal untertauchen, aber fairerweise für die andere Seite dann auch wieder sichtbar werden.

Der nächste Punkt waren Start und Ziel. Hier einigte man sich für die startenden 5 Schaf-Teams auf eine ungefähre Linie im Süden Schottlands, und auch die Linie der Fänger-Trupps wurde bestimmt, ab wo diese ihre Jagd beginnen dürfen. Und extra dafür wurde die folgende spezielle Karte gezeichnet.

Auf der folgenden Karte sind **Fängerlinie** und auch die **Startorte der Schaftrupps** zu sehen.

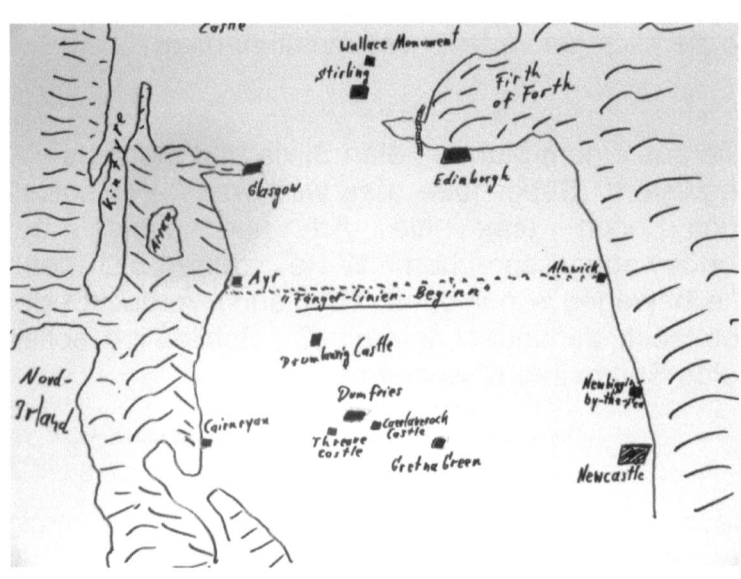

Und auch dieser Tag verging wieder viel zu schnell, fanden alle Beteiligten, als die Dunkelheit langsam von der schönen Landschaft Besitz ergriff und Andrea zu einem speziellen Abendessen einlud. In der allgemeinen Aufregung hatte man Essen und Trinken nicht vermisst. Zu sehr war man mit der Planung und den vielen Gedanken an dieses bevorstehende Ereignis beschäftigt. Beim Anblick des gedeckten Tisches im Kerzenlicht wurde allen schlagartig bewusst, dass auch der Magen jetzt seinen Tribut forderte. Nach einer letzten Runde Single-Malt fielen Mensch und Tier – überwältigt von diesen letzten Geschehnissen – in tiefen Schlaf.

Der nächste Morgen brachte noch ein gemeinsames Frühstück, dann wurde es hektisch in Pitlochry. Silvia und Matthias brachen mit ihren Motorrädern auf, um die Fähre am Nachmittag in Newcastle zu erreichen. Ihr Urlaub war zu Ende, leider der Lauf der Dinge. Bunglass besprach mit Molly Wolli und Flöckchen in Glencolumbkille die letzten Ereignisse und natürlich auch die künftigen Geschehnisse. Alle waren sich einig, dass Bunglass und McGregor auch noch diese wichtige Geschichte als Oberschiedsrichter durchführen. Danach würde dann endlich die lange Pause bei der Familie in Irland anstehen und auch eine Auszeit für McGregor.

Das Hauptquartier für das kommende Spektakel sollte in Pitlochry sein. Andrea und Martin stellten ihre gesamte Anlage dafür zur Verfügung. Auch werden die beiden für die technischen Erfordernisse sorgen, die für diese Sache erforderlich ist. Schließlich müssen alle Teams auf Seiten der Schafe und der Metzger eine zentrale Ansprechstelle haben, um die hier in Pitlochry sitzenden Schiedsrichter auf dem Laufenden zu halten.

Es wird sicher gestellt werden, dass beide Seiten selbst nichts von einander erfahren. Alles wird sehr geheim ablaufen. Geheim bleiben vor allen natürlich die akuten Standorte, bis am Ende die Sieger fest stehen. Für die technischen Erfordernisse der Geheimhaltung werden spezielle Handys eingesetzt, die absolut abhörsicher sein sollen.

Die Telefone liefen heiß. Schließlich galt es jetzt möglichst schnell die Teams zusammen zu stellen. Wild Bill Hunter brach auf, um in Edinburgh eine Versammlung der Metzger-Vereinigung zu leiten, bei der er die Pläne des Wettstreits unterbreiten und entsprechende Fänger-Teams zusammen stellen wird. Mit Sicherheit werden sich mehr zur Verfügung stellen, als gebraucht werden; das wusste er bereits jetzt schon.

Die Zusammenstellung der Schaf-Teams ist da schon etwas mühevoller, schließlich handelt es sich um Teams aus mehreren Ländern.

Bunglass rief zuerst bei Karl und Bea in der Schweiz an, die natürlich heiße Fans der Schafe sind und alle Geschichten kennen, die Bunglass und McGregor bisher angestellt haben.

„Wir werden uns sofort mit den hier örtlichen Schafvereinen in Verbindung setzen und ganz schnell einen Schweizer-Trupp zusammen stellen, da sind wir uns sicher. Das ist ja wieder eine tolle Idee von euch, und noch herzlichen Glückwunsch zur Begnadigung, lieber McGregor!" riefen Karl und Bea voll begeistert ins Telefon.

Das Gespräch nach Italien zu Karl und Pia verlief fast wörtlich so, wie vorher in die Schweiz. Auch die beiden werden sich sofort darum kümmern, ein schlagfertiges Italien-Schaf-Team zusammen zu stellen.

„Sag mal Bunglass", meinte McGregor. „Das deutsche Schaf-Team sollte nicht gerade aus dem Münsterland kommen. Da haben wir zu viele bekannte Schafe, und wir müssen uns davor schützen, als parteiisch angesehen zu werden."

„Da hast du natürlich wieder mal vollkommen recht." Sehr spontan kam die Antwort. „Aber wir haben ja genug Fans in ganz Deutschland. Da fallen mir sofort zahlreiche Freunde in Bayern ein."

McGregor legte den Kopf schief, überlegte nur eine Sekunde und rief: „Du denkst da wohl an Nicy und Wolfgang in Weingarten, Willi und Gertrudis in Oberschleißheim und Jochen und Magdalena in München, ist das richtig so?"

„Da sind wir einer Meinung, das ist richtig so, wieder einmal. Wir rufen dort alle an, und weil sie ja ziemlich eng zusammen wohnen, werden die sich sicher treffen und zusammen setzen oder miteinander telefonieren und uns einen sehr guten Vorschlag für ein bayerisches Schaf-Team unterbreiten", rief Bunglass begeistert.

Schon einige Tage später gingen die ersten Meldungen in Pitlochry ein. Bunglass und McGregor sammelten fleißig alle Informationen. Auch Wild Bill hatte bereits seine Truppe der „Fänger" zusammen. Es hatten sich enorm viele Metzger der NSA gemeldet, die allesamt wild darauf waren, an diesem Event teil zu nehmen. Und es dauerte keine Woche, bis auch die Schafe ihre Trupps beisammen hatten.

„McGregor", sagte Bunglass erfreut. „Wir können den Starttermin jetzt festlegen. Hast du einen Vorschlag?" „Das will ich meinen, Bunglass", antwortete McGregor. „Ich würde es toll finden, wenn der Wettkampf am 1. Oktober beginnt. Das ist nämlich der Kalendertag, an dem damals die Flucht vor der National Sheep Attack begann. Du weißt, es war der Tag, als die roten Autos der englischen Metzgervereinigung auf die Farm rollten, um mich und meine Herde abzuholen!"

„Einen besseren Tag könnt ihr wohl nicht finden", warfen Andrea und Martin ein, die alles mit verfolgt hatten. „ Jetzt kann es also bald los gehen! McGregor, du hast da doch noch etwas?"

„So ist es, liebe Freunde. Ich habe heute Nacht, als ich vor lauter Aufregung nicht schlafen konnte, schon mal die Listen mit den verschiedenen Schaf-Trupps zusammen gestellt. Ihr werdet begeistert sein, wer sich da so alles gemeldet hat. Hier ist also die Teilnehmer-Liste!"

Team aus:	Schäfer	Schafe	Bemerkung
Germany–Bayern -	Xaver	Seppi, Toni, Ruhpoldi	
Schweiz	Uri	Vreni, Heidi, Wilhelm	
Italien	Rudolfo	Adriano, Vulcano, Bergamo	...keine Schafe aus Südtirol
Schottland	Strongman	Whistler, Malt Man, High Man	...von der Insel Islay
Irland	Nuala	Stella, Una, Bridges	...das Frauen-Team

McGregor wandte sich an Andrea und Martin, die beinahe fassungslos auf diese Liste schauten: „Es gibt Erklärungen dazu, dass Schafe aus bestimmten Gebieten berücksichtigt wurden. Wir wollen nämlich den Vorwurf von vornherein ausschließen, dass ein Team „besondere" Vorteile wegen z.B. Gebiets-Kenntnisse hat. Deshalb haben wir Schafe aus entfernten Landesteilen genommen, die sich hier in der Wettkampfgegend nicht so gut auskennen!"

„Und dass wenigstens ein Frauen-Schaf-Team dabei ist, das freut mich ganz besonders", sagte Andrea gerührt.

„Das kam so", erklärte McGregor. „ Ich will nicht damit sagen, dass dieser Wettkampf zu streng für Frauen wäre – da kenne ich unsere „Damen" nur zu gut, dass die sich vor nichts fürchten. Wir wollten aber von Anfang an ausschließen, dass irgendjemand hinterher mit einer Äußerung ankommt, die Gruppen wären nicht ausgewogen gewesen. Ob es allerdings bei Schafen auch Gleichstellungsbeauftragte gibt, das weiß ich gar nicht."

Und Bunglass ergänzte dieses Thema:
„ Wir sind allerdings höchst erfreut, dass es nun etwas anders gekommen ist und doch ein Frauen-Team dabei ist! Das kam nämlich so: Wie gesagt, eigentlich war ein irisches „Männer-Team" angemeldet, welches aber seine Startmeldung zurück gezogen hat. Warum? Nun ja, die Männer hatten am Start-Wochenende ihr 100-jähriges Jubiläum ihres Pub im Ort. Das wollten sie auf keinen Fall verpassen.

Ich glaube aber, dass sie es bereuen werden, denn dieser Wettkampf hier, davon werden ihnen ihre Frauen so lange heiß erzählen, dass sie sicher auf das eine oder andere Pint im Pub verzichtet hätten.
Und ja, ihr habt richtig gehört – die Schafe des besagten Ortes in Irland haben ihren eigenen Pub – wohl einmalig in der Tiergeschichte – oder?"

„Das ist ja eine superschöne Geschichte! Es ist toll, dass die Frauen sich da durch gesetzt haben und sich die Chance für ihre Herde nicht entgehen lassen wollen", sagte Andrea. „Und diese Namen der Schafe! Wer weiß als Mensch schon, wie es in einer Schafherde zugeht. Wir sind so glücklich, dass wir durch euch – lieber Bunglass und lieber McGregor - so viel erfahren und dazu lernen können".

Mit etwas gerötetem Kopf sah Bunglass seinen Freund an – und auch dessen Kopf nahm langsam die Farbe seines Freundes an. Alle lachten laut los.

„Wir wollten bei den Schaftrupps zuerst die Schäfer aus den verschiedenen Ländern dazu losen", rief McGregor vergnügt aus. „Aber wir hatten dann doch große Bedenken, wie sich die mit den Schafen aus ganz anderen Ländern verständigen sollen."

„Ja", ergänzte Bunglass fröhlich lachend. „Zum Beispiel versteht jemand aus der Schweiz bei dem Wort „Harras" ganz etwas anderes, als z.b. ein Schäfer aus Deutschland!"

Etwas verständnislos blickten sich Andrea und Martin an, aber McGregor sorgte sofort für die nötige Aufklärung. „Wenn Schweizer meinen, sie gehen zum Harras in den Keller, dann schauen sie nicht etwa nach ihrem Schäferhund – so heißen viele in Deutschland. Sie sehen dort nach einer Kiste, vielleicht einer Kartoffelkiste."

Kopf-schüttelnd sahen sich Andrea und Martin an, mussten immer wieder laut losprusten, und das gegenseitige vergnügliche Schulterklopfen wollte gar kein Ende nehmen.

Vielleicht hätten alle lachend den Tag zu Ende gebracht – da unterbrach sie das Telefon.

Am anderen Ende war Wild Bill, der seine Ankunft für den nächsten Tag ankündigte. Da nun der Beginn des Wettkampfes für den 1. Oktober fest stand, instruierte Wild Bill „seine" Jungs, damit diese passend am Starttag ihre Aufstellungen entlang der „Fänger-Linie" laut Karte einnehmen.

Bunglass, McGregor und Wild Bill vereinbarten noch, dass es ein spezielles Punkte-System geben soll, das gleichzeitig einen genauen Sieger feststellen lässt, sowie besondere Ideen belohnen soll. Wessen Schaf-Team die meisten Punkte sammelt, der soll auch zum Schluss als Sieger geehrt werden – natürlich nur, wenn auch ein Schaf-Team wirklich durch kommt – auf dem Weg nach ganz oben in Schottland. Ist das nicht der Fall, so können sich die „Fänger" als Sieger feiern lassen.

Und McGregor ergänzte mit erhobenem Huf: „Wird ein Schaf-Team erkannt, so gilt es erst (als Team) gefangen, wenn auch nur eines der Schafe mit Farbe markiert wird."

„Gilt das auch dann, wenn der Schäfer des Teams markiert wird?" fragte listig Wild Bill an, von einem Ohr zum anderen grinsend.

„Aber klar doch, schließlich sind Schafe und der Schäfer ja ein Team", rief Bunglass lachend zurück.

McGregor setzte noch einen drauf: „ Und natürlich wird dabei auch auf die Gesundheit der Sprühenden und der Besprühten geachtet. In den Sprühdosen, die vorgesehen sind, ist natürlich nur umweltfreundliche Lebensmittel-Farbe."

Wild Bill lachte laut, lachte sehr laut, als er munter verkündete: „Man könnte ja auch die beim Fußball sehr beliebte Schiedsrichter-Sprüh-Flasche nehmen. Die ist ja bereits auch auf umweltverträglich getestet und international anerkannt worden, sagt man jedenfalls."

Damit zog Wild Bill nun doch einige zweifelnde Blicke auf sich, und er ergänzte sich schnell: „Ok, war nur ein Scherz. Mir fiel das nur ein, weil diese Linie vom Schiedsrichter aussagt – bis hier und nicht weiter!"

Ein zufriedenes Grinsen von Schafen und Menschen schloss damit auch dieses Thema ab.

„Du meine Güte", sagte McGregor und atmete heftig durch. „An so viel haben wir schon gedacht - aber eines fehlt mir nun doch noch!

Der ganze Plan baut ja auf einen fairen Wettkampf. Wir sollten daher uns auch darum noch kümmern, dass auch die Schaf-Teams, die ja allgemein gut zu erkennen bzw. von den Menschen gut zu unterscheiden sind, ihre Chancen haben, ihrerseits ihre „Jäger" auch als solche erkennen zu können. Sie können doch nicht in jedem Menschen ihre Verfolger sehen; das wäre meiner Meinung nach nicht ganz fair!"

„Genau", meinte Bunglass. „Bei anderen Wettkämpfen, z.b. beim Fußball, da haben die gegnerischen Teams zur Unterscheidung unterschiedliche Trikots an, bei anderen Anlässen verschiedene Uniformen. Was meint ihr dazu?"

Allgemeines Kopfnicken war die Antwort und Wild Bill schaltete sich noch einmal ein: „Da habt ihr Schafe mal wieder einmal vollkommen Recht. Wie wäre es denn, wenn meine Jäger-Teams Kappen mit einer Aufschrift tragen. Darauf könnte dann in großen Buchstaben stehen – NSA. Ausländische Touristen werden uns dann eventuell mit einem „anderen amerikanischen Verein" verwechseln, aber was soll`s. Da stehen wir zu! Unsere NSA, unsere „National Sheep Attack", die gehört eben hier her, auch wenn wir uns ansonsten als Metzgerschaft eher etwas zurück halten."

„Ein letzter Einwurf", rief McGregor fröhlich. „Die Kappen dürfen nur zum Schlafen abgenommen werden!"

Wieder war ein allgemeines Kopfnicken die Antwort. Alles war jetzt wohl bedacht, alles geregelt und McGregor beendete diese Besprechung mit den Worten: „Damit ist wohl alles in trockenen Tüchern, wie ihr Menschen so sagt?"

„In „staubtrockenen" Tüchern", prustete Wild Bill los, und das Lachen wollte gar kein Ende nehmen.

J e t z t   konnte es endlich los gehen !   Morgen war der 1. Oktober.   Die Schaf- und Fänger-Teams standen an den ihnen bestimmten Orten bereit, scharrten mit den Hufen oder nutzten ihre Schuhsohlen schon ein wenig ab – denn keiner konnte mehr so richtig ruhig sitzen.   Alle warteten auf das erlösende „Los" am nächsten Morgen.

Aufregung herrschte im **Italienischen Team**. Zwar hatten sich dort alle Schafe ganz spontan zu diesem Wettstreit gemeldet, als sie hörten, was andere Schafe außer „Grasen" sonst noch konnten – aber die Nervosität saß allen im Fell. Schäfer Rudolfo betätigte die Glocke für den Fährmann. Schließlich waren diese Schafe auf einer Insel – der Insel mit dem „Threave Castle".

Das Übersetzen zum Festland war neu für die Schafe, aber als sie wieder festen Boden unter den Hufen hatten, da stürmten sie gen Norden, dem Ziel und dem angestrebten Sieg entgegen.

Ein letztes Mal hielten sie aber noch am „Threave Garden", der ein gepflegtes Grün beherbergte. Sie aßen sich am saftigen Gras satt, und Schäfer Rudolfo dachte daran, dass es Rotwein und Olivenöl nun für einige Zeit nicht mehr für ihn geben würde.

Unbehelligt nahm das Italienische Team die ersten Hürden dieser Prüfung. Damit hatten sie bereits einen verdammt guten Start hingelegt.

Das **Schweizer Team** – aus der Nähe von St. Gallen - brach von seinem Start-Standort „Newbiggin-by-te-Sea" auf, nördlich von Newcastle. Dieses Team hatte mit Schäfer Uri noch kurz am Bodensee für tiefgelegenes Gebiet und auf einer hohen Alm fürs gebirgige Gelände geübt.

Als besondere Strategie hatten sie sich vorgenommen, unterwegs „Käsehäppchen" zu verteilen, um die Fänger abzulenken. Zunächst waren alle ein wenig enttäuscht, weil die Gegend an der Küste ziemlich flach war und ihr Training ihnen als umsonst erschien.

Die Alternative war ihnen aber dann doch nicht recht, denn die hieß „Seeweg mit dem Schiff". Das hieße doch zugleich Nordsee, wo es ihnen auf dem Bodensee beim Training schon schlecht geworden war. Die Gruppe überwand die Linie der Fänger und kassierte ihre ersten 4 Punkte.

Das **Schottische Team** sollte eigentlich vorab die 4 Punkte als Minus erhalten, um keine Vorteile als Schotten im schottischen Gelände zu erlangen. Nachdem es aber klar war, dass das Team nicht vom Festland kam, sondern von der Insel Islay, war klar, dass kein Vorteil vorlag, da sich dieses Team auf dem Festland nicht auskannte.

Die Schafe von der Whisky-Insel Islay waren als anfällig für „ihren" Whisky bekannt. Deshalb hatten die Fänger geplant, Whisky-Proben an der vermuteten Strecke anzubieten, somit also Fallen aufzubauen. Zunächst ging aber alles glatt, und Schafe und Schäfer gelangten nach Gretna Green.

Und nicht nur das: Zwei der Schafe fanden die Möglichkeit in Gretna Green - auch ohne sonstige amtliche Papiere zu heiraten – so toll, dass sie den Entschluss fassten, sich auf der Stelle erst einmal „scherzhaft" als Männerfreundschaft zu verloben. Später würde Schaf weitersehen. Vielleicht kam man ja einmal mit einer Schafdame wieder hierher. Der dazu gehörige Dudelsack-Spieler gab sein bestes, und die Verlobung wurde mit einem dicken Schaf-Schmatzer beurkundet – alle lachten!

Das **Deutsche Team** startete in Cairnrayen. Es hatte sich eine besondere Finte ausgedacht – kommen schon auf merkwürdige Ideen – die Bayern. Ausgestattet mit alles verdeckenden Regenmänteln wollte das Team - mit Schlaufen für die Hufe an den Pedalen - sich mit Fahrrädern auf den Weg machen.

Zum Glück regnete es bei ihrem Start, denn ihre Regenmäntel hätten beim Sonnen-Schein wohl eher kontraproduktiv gewirkt. Das Team schlug den Weg zum „Kennedy Garden" ein und dann zum „Galloway-Forest-Park". Unerkannt wegen der schlechten Sicht waren sie auf den Weg nach Ayr, überwanden die Fängerlinie und kassierten gemäß den Vereinbarungen ihre 4 ersten Punkte.

Das **Irische Team** mit Schäferin Nuala stammt aus der Nähe von Kilkenny im Südwesten Irlands.

Kein Schaf war aus Glencolumbkille, um ja nicht den Eindruck zu erwecken, die Freundschaft zu Bunglass könnte einen Vorteil bringen. Das war der Schaf-Truppe von Bunglass natürlich gar nicht recht, aber die Einsicht siegte schließlich, und man drückte natürlich dem Irischen Team alle vorhandenen Hufe – schließlich sind auch die Schafe in Irland sehr patriotisch.

Und sehr geschichtsbewusst sind sie auch. Deshalb hätten sich die irischen Schafe nicht ausgesucht, im „Caerlaverock Castle" zu starten und die schottischen Schafe sicher auch nicht.

Es gibt zu viele dunkle Stellen im Verhältnis der Iren und Schotten zu den Engländern und dieser Ort war einer davon. Diesen Ort verteidigten nur wenige Schotten lange gegen eine große Übermacht der Engländer. Ihre Tapferkeit wurde leider nicht belohnt, als sie wegen Aussichtslosigkeit aufgeben mussten. Die sogenannten „Sieger" gewährten den „Besiegten" keine Gnade. Zuviel Geschirr wurde unter den englischen Truppen (z.B. unter Cromwell) zerschlagen. Das wird niemals vergessen werden.

Also - nichts wie weg von diesem Ort. So arbeitete sich dieses Team in Richtung Norden vor, dem „Moffat Water Valley" folgend. Es ging ohne besondere Vorkommnisse durch die „Scottish Borders" nach Norden, und auch hier waren natürlich die ersten 4 Punkte sicher.

Im **Kommando-Center in Pitlochry** im „Craigatin House" schlugen die ersten Wellen hoch. Bunglass, McGregor, Martin und Andrea feierten die Schafe, weil alle ihre ersten Hürden – die Fänger-Linien – ohne Probleme überwunden hatten. Aber alle wussten auch, dass noch ein weiter Weg bis in den äußersten Norden Schottlands zu traben ist.

Bei Wild Bill Hunter und seinen Männern vom NSA war die Stimmung noch nicht so gut. Schließlich hatten sie zumindest auf die Festnahme eines Schaf-Teams gehofft, das die Fängerlinie nicht ungesehen überqueren würde. Eine Runde Guinness und ein guter Single-Malt stimmte die „Jäger" jedoch wieder hoffnungsvoll auf die nächste Runde ein.

Das **Italienische Team** hatte sein nächstes Ziel bereits fest vor Augen. Nördlich von Dumfries ist das „Drumlanrig-Castle". Die Schafe hatten gehört, dass es dort einen wundervollen Garten gibt, mit wohlschmeckenden Gräsern. Diese brauchen sie mehr als nötig für ihren weiteren Antrieb, so wie Motoren nicht ohne Öl zum Schmieren laufen. Dort trafen sie auf einen Geschichten-Erzähler mit deutschen Wurzeln.

Mit verschmitztem Gesicht – er schnitzt übrigens auch schöne Sachen aus Holz – lauschte er den Schafen, die völliges Vertrauen zu ihm hatten, hoffentlich nicht „zu" vertrauensselig. Der Mann gab dem Team sein Ehrenwort als Deutscher und als Schotte, und darauf wollten und konnten sich die Schafe wohl verlassen. Sie erhielten noch einige gute Tipps, wie sie unbemerkt nach Stirling gelangen können, ihrem nächsten Ziel. Und auf ihrem Weg dorthin überquerten auch sie die Fängerlinie und strichen ihre ersten 4 Punkte ein.

Das nächste Ziel des **Schweizer Teams** war die Nähe von Edinburgh. Da hatten Schäfer und Schafe einen gefährlichen Weg vor sich. Edinburgh mit dem riesigen Wassereinschnitt bis tief ins Landesinnere, dem Firth of Forth, das war doch ein Engpass, der erst einmal zu meistern ist. Doch das Team hatte Glück.

In diesem Jahr lief das „Military Tattoo" erst zu dieser Jahreszeit. Der Grund dafür, dass es nicht wie üblich im August veranstaltet wurde, war eine unsichere Zeit mit vermuteten terroristischen Anschlägen. So war Edinburgh zu dieser Zeit voll, mehr als voll. Das Team tauchte in den Mengen der Menschen unter, natürlich stets zweifelnd angesehen, was Schafe denn nun inmitten von Edinburgh zu tun haben.

Uri, Vreni, Heidi und Wilhelm war das aber ganz recht. Sie hatten nämlich vermutet, dass ihre Gegenspieler sie außerhalb von Edinburgh erwarten würden.

Und ihr Glück war vollkommen, als sie einen Eisenbahner trafen, der so entzückt vom Team war, dass er einen versteckten Transport in einem Waggon über die Meeresenge anbot.

Da dies auch nicht die vorher abgesprochene Zeit des Untertauchens überschritt, sollte das Schweizer Team somit ungesehen mit der Bahn über die „Forth Rail Bridge" ans andere nördliche Ufer gelangen. Als dann noch einmal die Tür des Waggons aufgeschoben wurde, rief Uri voller Panik: „Wir sind entdeckt!"   War das Spiel für sie schon zu Ende?

Von Gretna Green konnte sich das **Schottische Team** kaum lösen, bis Schäfer Strongman seinem Namen alle Ehre machte und zum Weitertraben mahnte. Eigentlich hatte das Team einen Ausfall östlich geplant, aber es entschloss sich dann, Richtung Edinburgh einzuschlagen.   Das Team hatte davon gehört, was ausnahmsweise in diesen Tagen in Edinburgh los war.   Und was passieren kann – passiert (…hatte schon Murphy gesagt), auch dieses Team stieß auf den verständnisvollen Eisenbahner, der auch hier weiter half.

Als nämlich der die Tür des Waggons aufschob, in dem schon das Schweizer Team saß, da kamen nach dem ersten Erstaunen Schäfer und Schafe nicht mehr aus dem Lachen heraus. „Alles noch mal gut gegangen" und „Das gibt`s doch gar nicht!", riefen allesamt quer durcheinander, bis Schäfer Strongman nochmals seinem Namen alle Ehre machte und erneut zur Ruhe mahnte.

Das **Deutsche Team** diskutierte! Die Schafe wollten unbedingt den Ort Ayr großräumig umgehen. Links davon war nur Wasser, aber würden die Metzger nicht dies auch so vermuten? Schäfer Xaver sprach mit einem schottischen Kollegen am Wegesrand.
Der sprach: „Irgendwie ist etwas ungewöhnliches im Busch. An eurer Stelle würde ich die Gegend um Ayer wirklich meiden. Ich mache euch einen Vorschlag." Die Schafe meldeten sich: „Wir dürfen uns aber nicht allzu lange verstecken, sonst verstoßen wir gegen die Spielregeln!" „Ok", sagte der Schotte. „Ich kenne da einen Freund mit einem Schnellboot. Der könnte euch aufnehmen und euch dann oberhalb von Ayr wieder am Festland absetzen. Wäre das nach euren Regeln Ok?" Nach kurzem Rundblick war sich das Team einig, und Xaver verkündete: „Großartige Idee, so machen wir das. Vielen Dank!" ... und Schafe und Schäfer gingen an Bord.

Das **Irische Team** sah Edinburgh ebenso als Gefahrenquelle auf ihrem Weg an. Es beschloss, in Richtung Stirling zu traben. „Wir nehmen den Weg durch die Stadt, denn außerhalb fallen wir in der dünn besiedelten Gegend mehr auf – meine ich – obwohl?"

Es ist doch immer wieder gut, einen zu fragen, der sich in der Gegend auskennt. So geriet Schäferin Nuala an einen Kollegen, der einen entscheidenden Tipp gab. „Heute ist hier das „Burry Man Festival". Da ist so viel los, ihr könntet durch die Menge so wohl ziemlich gut durchgeschleust werden."

„Was ist denn das für ein Festival? Worum geht es da?" fragte Nuala.

„Nun", rief fröhlich der ortskundige Schäfer. „Das ist hier ein schöner Brauch. Ein mit Kletten und grünen Sträuchern behängter Mann taumelt durch die Straßen. Er bittet dabei um Milde gaben, die letztendlich gemeinnützigen Vereinen übergeben werden."

Somit machte sich der Trupp auf den Weg. Die Menschenmenge wurde größer und lauter. Da schauten die Schafe auf die andere Straßenseite und erschraken!

„Da sind die Metzger!" rief Bridges. Und Una blökte: „Stimmt, ich erkenne ihre Mützen!"

In diesem Augenblick erhellten sich die Gesichter der beiden Metzger. Auch sie hatten ihre Gegenspieler erblickt. „Schafe voraus!" rief einer, wohl früher mal Seemann gewesen.

Und es hätte wohl das „Aus für das erste Schaf-Team bedeutet, wenn nicht in diesem Augenblick der „Klettenmann" um die Ecke gekommen wäre und samt seinem Anhang – menschliche Kletten halt – die Straße für einige Zeit völlig versperrt hätte.

Für Schäferin Nuala und ihre „Mädels" bedeutete dies Flucht in höchster Bedrängnis. Und sie schafften es, ihre Verfolger abzuschütteln.

In Pitlochry hatten Bunglass und McGregor per Handy die Nachricht von der Klettenmann-Flucht erfahren. McGregor blickte Bunglass an: „Sag mal, das mit der Punktezahl für diesen Wettstreit, ich bin ja Feuer und Flamme dafür gewesen. Aber jetzt kommen mir doch Zweifel. Wir bekommen ja gar nicht alles mit, was sich so ereignet."

„Da hast du recht, McGregor", antwortete Bunglass nach ganz kurzer Überlegung. Vielleicht sollten wir das mit den Punkten für Sondereinlagen oder besonders gute Ideen einfach sein lassen. Hier so weit weg vom Geschehen, können wir wirklich nicht gut beurteilen, wer Sonderpunkte verdient hat."

Andrea und Martin hatten zugehört und nickten dazu. „Ihr habt recht, das können wir lassen. Dieses Spiel ist schon aufregend genug. Wichtig ist doch nur, dass alles gut geht, niemand zu Schaden kommt. Wer letztendlich gewinnt, das ist ja völlig offen, wir sollten es einfach sportlich sehen!"

Da sich alle einig waren, wurde dieser Punkt gestrichen.

Das **Italienische Team** trabte ebenfalls auf Stirling zu. Sie übernachteten im Park von „Linlithgow Palace". Schäfer Rudolfo entdeckte auf seinem Rundgang an einer Wand eine aufgezeichnete Geschichte. Als er zu seinen Schafen zurück kam, erzählte er, was er gelesen hatte.

„Also", begann er, „wie es am Morgen bei uns weiter geht, das kann diese Nacht entscheiden." Verwunderte Blicke trafen ihn aus sechs Schafaugen. „Nun ja, es stand dort, dass manchmal ein Geist erscheint und warnt, etwas zu tun."

Die Blicke der Schafe wurden jetzt ängstlich. Mit Geistern hatten sie selten zu tun, lieber gar nicht. „So erging es einmal König James, der die Zeichen einfach nicht erkannte", fuhr ihr Schäfer fort. „In der Schlacht bei Flodden fand er dann auch den Tod."

Geister, Tod, einfach gruselig - fanden die Schafe, aber diese Nacht mussten sie hier wohl ausharren.

Schweizer und Schottlands Schafe saßen nun also gemeinsam noch im Waggon, der die gigantische Meerenge auf ihrer ebenso gigantischen Eisenbahn-Brücke überwinden würde. Am anderen Ufer angelangt, würden sich ihre Wege in den hohen Norden Schottlands wohl wieder trennen. Im Augenblick saßen sie aber noch Fell an Fell im engen Waggon.

Schäfer Uri blinzelte seinem Kollegen aus Schottland zu. „Wenn die Schafe Karten halten könnten, wäre doch ein Kartenspiel zum Zeitvertreib ganz schön!" „Ja", antwortete Strongman. „Aber mit den Hufen ist das eben nicht so prickelnd. Ich glaube aber, dass sie Schafskopp wohl abgelehnt hätten."

Gelächter war die Folge, warum, das verstanden die Schafe beider Länder aber nicht so ganz.
Ein paar Kilometer trabten die beiden Gruppen noch gemeinsam Richtung Aberdeen und machten schließlich auch zusammen Rast – vorsichtshalber aber in achtsamer Entfernung voneinander, was sich bald als folgenschwer für die eine, aber glücklich für die andere Gruppe auswirken sollte.

Im **Deutschen Team** herrschte eine fröhliche Stimmung. Nachdem sie wieder festen Boden unter den Hufen hatten – auch ihr bayrischer Schäfer hatte lieber Felsen als Wasser unter sich – trabten alle Richtung Inverary.

Bei Erkundung der Stadt stießen sie auf das altehrwürdige ehemalige Gefängnis – Inverary Jail. Dort trafen sie einen Mann in alter Gefängnis-Kleidung an – nicht als Insasse, sondern als Wärter. Da gerade keine Gefahr ersichtlich schien, machten die Schafe noch schnell mal Aufnahmen von sich. Dabei schoben sie ihren Kopf durch ein Loch, unter sich eine aufgemalte Gefängnis-Bekleidung mit einer Nummer für Gefangene. Die Schafe führten sich wie Touristen auf.

Der Wärter forderte die Schafe zum Bleiben auf und bot ihnen einen Übernachtungs-Platz im Gefängnis an. Darauf würde wohl niemand kommen.
Schafe und Schäfer nahmen dankbar an.

Das **Irische Team** sah am Horizont ein Gebilde, das ihnen allen sehr seltsam vorkam. Es war ein Werk aus Stahl – nicht sofort ersichtlich, wofür das da stand. Neugierig näherten sie sich dem „Falkirk Wheel" – so heißt das Bauwerk.

Früher war hier eine Schleusentreppe von elf Schleusen. Jetzt steht hier ein Aufzug für Schiffe. Einen Höhen-Unterschied von 24 Metern schafft dieser Aufzug, der wie folgt funktioniert: Ein Schiff fährt in eine Wanne, dann schließen sich die Klapptore. Ein riesiger Greifarm umfasst die Wanne und transportiert sie durch Hydraulik-Motoren in wenigen Minuten nach oben.

Während die Schafe samt Schäfer noch andächtig vor dem riesigen Gebilde standen, näherten sich Männer mit Mützen, auf denen groß stand - „NSA".

„Wir sitzen wohl in einer Falle!", rief Schäferin Nuala ihren Schafen zu, und diese schienen zu verstehen. Mit ihren Hufen deuteten sie auf ein Schiff, das soeben ablegen wollte, um in eine Wanne zu fahren. Alles ging nun blitzschnell. Sie stiegen ein, die Türen des Schiffes schlossen sich.
Die Verfolger rüttelten noch an den Türen, aber da legte das Schiff auch schon ab und fuhr in die Wanne hinein. Der Greifarm umfasste alles und ab ging es in die Höhe, die verdutzten Metzger zurück lassend.

„So, jetzt haben wir etwas Zeit. Das ist ja gerade noch einmal gut gegangen", sagte Nuala.

„Zeit ?", fragte ein Fahrgast nach. „Wenn sie verfolgt werden, es gibt einen Fußweg nach oben!"

Das **Italien Team** konnte kaum den Morgen erwarten, um aus dem Garten mit seiner gruseligen Geschichte zu entkommen. Zielstrebig trabten Schafe und Schäfer nun Pitlochry entgegen, einem hoch gelegenen Kurort. Schäfer Rudolfo hatte von der hübschen Einkaufsstraße im Ort gehört. Insgeheim hoffte er, dort ein schönes Mitbringsel für seine Liebste zu Hause zu ergattern. Seine Schafe waren allerdings der Meinung, dass sie dabei in einen Engpass geraten könnten, aus dem es kein Entkommen geben würde. Sie wollten schon eher den Ort oberhalb umgehen, und nebenbei dachten sie daran, die dort oben gelegene Whisky-Destillerie noch kurz anzuschauen.

Der Kompromiss war eine kurze Trennung der Gruppe. Die Schafe trabten den Hügel hinauf, Rudolfo zog es in die besagte Straße. Romeo konnte wohl auch nicht immer ganz klar denken, wenn er an seine Julia dachte. Nicht anders erging es nun Rudolfo. Nun gut, er hatte wirklich etwas Schönes als Geschenk gefunden, aber mit seinen Gedanken war er schon wieder in Italien.

Auf der gegenüber liegenden Straßenseite hatten sich zwei Herren etwas in einen Hauseingang zurück gezogen. Man ahnt es – sie trugen Mützen. Rudolfo trat aus dem Geschäft, laut singend – natürlich italienisch. Er hörte gerade noch ein Zischen, und im selben Moment konnte er dies auch gleich zuordnen. Er war besprüht worden!

In Pitlochry stürmte Wild Bill Hunter aus seinem Büro an Andrea und Martin vorbei, die ein Zimmer als Puffer zwischen der Schafzentrale mit Bunglass und McGregor und den jagenden Metzgern der NSA bewohnten.

Fröhlich lachend rief er: „Eins zu Null für uns! Eines meiner Jagdteams hat mir soeben gemeldet, dass die Italiener in Pitlochry geschnappt wurden."

In diesem Augenblick traf diese Nachricht auch auf dem Handy von McGregor ein.

„Ok, wir sehen das sportlich und sprechen hiermit unseren Glückwunsch aus", sagte Bunglass. „Aber wir sind noch lange nicht am Ende, wartet nur ab!"

Über die grasenden Gruppen der **Schweiz und** aus **Schottland** hatte sich der Schleier der Müdigkeit gelegt. Nun zeigte sich, dass manchmal ein wenig Abstand sehr nützlich sein kann. Beide Gruppen schlummerten in Hörweite voneinander entfernt.

Die Schweizer hatten – klug gedacht – in großem Abstand zum Schlafplatz einen Draht zur Sicherheit gespannt, an dem Glocken hingen. Perfekt – oder ?

Es wurde ein o d e r daraus, denn was nützt das alles, wenn Schäfer Uri mitten in der Nacht laut vor sich hin träumt: „ W e r hat`s erfunden?"

Vieles im Leben ist nun einmal Zufall. Hier wollte es dieser, dass die Jäger der Schafe sich in nächster Umgebung aufhielten und - leider - auch die Schweizer Bonbon-Reklame aus dem Fernsehen kannten. Eben nur gut für die Bonbons.

Nun ging alles blitzschnell. Die Schafe Vreni und Heidi wurden angesprüht und somit markiert. Da nutzte es Wilhelm und Schäfer Uri nicht mehr, dass sie fliehen wollten. Als „Gruppe" waren sie erwischt worden – eben: einer für alle.

Für die **schottischen Schafe** hatte es nun doch noch ein Gutes, dass ihre Schweizer Kollegen so umsichtig waren, die Alarm-Glocken anzubringen.
Aufgeschreckt wie durch den Lärm einer Kuhherde flohen Strongman, Whistler, Malt Man und Strongboy.

In Pitlochry lehnte ein vergnügt dreinblickender Wild Bill Hunter am Türrahmen, blickte zu Bunglass und McGregor hinüber und hob seinen Daumen: „Zwei zu Null !"

Bunglass und McGregor lächelten zurück, aber es wirkte schon etwas anders, als man es von diesen beiden Frohnaturen gewohnt ist.

Immerhin waren noch drei der Schaf-Teams übrig.

Das **deutsche Team** ahnte nichts von den bisherigen Geschehnissen um die anderen Teams. Schließlich war keinerlei Verbindung angesagt, nur zu Bunglass und McGregor.

Anscheinend hatten diese Schafe mehr Glück, denn sie setzten ihren Weg in Richtung „Kyle of Lochalsh" ungestört fort. Sie konnten sogar noch eine kurze Rast einlegen und besuchten das „Eilean Donan Castle". Dort waren schon berühmte Filme gedreht worden.

Ungestört zog es den Trupp unaufhaltsam Richtung Norden – auf Ullapool zu.

Im Falkirk Wheel zogen die **irischen Schafe** bei der Nachricht vom Fußweg nach oben erschreckt die Köpfe ein. Nun hatten sie nicht wirklich etwas Ruhe, denn ihre Jäger waren sicher schon ebenfalls auf dem Weg nach oben – auf dem Fußweg und die Schafe noch im Schiff. Jetzt sah doch noch alles wie eine Falle aus.

Gerade noch schaffte es Schäferin Nuala, ihre Schafe anzuspornen, sich beim Aussteigen bei Ankunft am oberen 24 Meter höher gelegenen Kanal zu beeilen, da sahen sie auch schon die Metzger – zum Glück noch fern. Die Flucht gelang.

Die **schottischen Schafe** hatten nach dem schweiz-schottischen Erlebnis einen riesigen Haken geschlagen. Sie bewegten sich in der Nähe von Stirling auf das „Wallace Monument" zu.

Aber auch hier saßen ihnen die Verfolger bald im Nacken. Das Wallace Monument ist ein schottisches National-Denkmal für einen der Helden im Befreiungs-Kampf – eben für William Wallace. Die Schafe erkannten ihre Verfolger. Sie standen nun mit dem Rücken zum Turm. Einen anderen Ausweg als den Turm sahen sie nicht.

Sie trabten die ersten Stufen hoch – was sollten sie auch sonst tun? Der Turm hat 242 Stufen! Das ist für kleine Schaffüße eine Menge. Außerdem – Stufen, die gab es nicht auf ihren Weiden. Sehr geschickt stellten sie sich also nicht an – rutschten oft aus, was den ein oder anderen kläglichen „Määhh-Ruf" zur Folge hatte. Und oben, da würde alles zu Ende sein?

Die verfolgenden Metzger waren sich ihrer Sache sehr sicher – zu sicher. Sie hatten angesichts der Falle im Turm keine Eile. Vielleicht verlangsamte aber auch das eine oder andere Schnitzel „zu viel" ihren Gang nach oben. Sie hörten ja die Schafe vor sich – und genossen jeden ihrer Klagelaute bei zu glatten Stufen.

Schäfer Strongman und sein Team gaben sich „die Fünf". Sie hatten sie letzten Stufen des Turmes erklungen und sahen, dass es keinen Ausweg mehr gab. Unten im Turm hörten sie bereits die Stimmen ihrer Verfolger – fröhliche und Sieges-sichere Stimmen.

„Wo wir bereits jetzt hier oben sind, - sprach Strongman zu den Schafen – „da können wir doch wenigstens noch die Aussicht von hier hoch oben genießen; dazu werden wir wohl nie wieder kommen.

Die Schafe umrundeten oben auf der Spitze den Turm, um in alle Richtungen blicken zu können. Bereits hinter der nächsten Ecke bemerkten sie, dass sie nicht allein hier oben waren. Bauarbeiter waren noch dort, die Ausbesserungs-Arbeiten am Turm vornahmen. Diese waren natürlich völlig überrascht, hier oben Schafe anzutreffen. Ihr Schäfer klärte alle über die Situation auf. Patriotisches Blitzen in den Augen der Arbeiter ließ die Schafe ahnen, dass etwas passieren würde.

Zwei der Bauarbeiter machten sich mit jeweils einem Sack Zement auf den Schultern auf den Weg nach unten. Im allzu engen Treppenhaus des Turmes blockierten sich somit die Zementträger und die Schaf-Jäger gegenseitig. Laute Flüche waren bis oben zu hören – Flüche von beiden Seiten.

Die oben gebliebenen Arbeiter winkten den Schafen zu. „Kommt zu uns, da geht noch was"! riefen sie. Auf der anderen Seite des Turmes war ein Lastenaufzug angebracht. „Zementsäcke können ganz schön schwer sein", rief einer der Arbeiter.

„Der Lastenaufzug da erspart uns eine Menge Lauferei und verhindert manch durch-geschwitztes T-Shirt."

„Um Gottes Willen! Das ist ja mächtig tief!" riefen die Schafe. „Wird das der Aufzug auch schaffen?" Das konnten die Arbeiter zwar nicht verstehen, aber Schäfer Strongman sorgte für die Übersetzung.

„Keine Sorge", lachte der Chef der Bauarbeiter laut los und zeigte auf die zögernden Schafe.
„Das Gewicht von etlichen Zementsäcken ist wirklich schwerer als eure ganze Truppe zusammen. Gut, dass ihr Schafe seid – und keine gewichtigere Truppe. Vier von uns Arbeitern wären eindeutig zu schwer. Ihr könnt uns vollkommen vertrauen."

Und dass diese Arbeiter schwere Jungs waren, das bekamen auch die Metzger auf der Turmtreppe zu spüren. Keiner wollte weichen, aber keiner kam auch aneinander vorbei.

Schafe und Schäfer gelangten sicher auf den Boden und machten, dass sie so schnell wie nur möglich vom Wallace Monument weg kamen.

Auf einen Pfiff des Chefs vom Turm hin, gaben die Arbeiter den Weg frei. Die Metzger stürmten mit einem „Geht doch !" auf den Lippen nach oben. Allerdings hatten sie sich zu früh gefreut. Im Turm auf der engen Treppe hatten sie natürlich nicht mit bekommen, was sich oben der der Turmspitze abgespielt hatte. Ihre Enttäuschung war riesengroß, dass sie – nun endlich oben - nur noch weitere Bauarbeiter antrafen – von Schafen keine Spur.

„Heute Abend gehen die ersten Runden auf mich", verkündete einer der Arbeiter. „Und die nächsten auf mich", rief ein anderer. „So ein Erlebnis hat man sicher nie wieder – das muss begossen werden!"

Und nachdem ein weiterer neuer Schaf-Fan anfragte, warum man nicht Schluss macht und gleich feiern geht, war die Arbeit für heute beendet. In riesiger Bierlaune trabte die Gruppe hinunter – Richtung: nächster Pub.

Oben zurück blieben die ratlosen Metzger und ein Häuflein ebenso schauende Turm-Besucher – nicht verstehend, was sich soeben hier gerade abgespielt hatte.

In Pitlochry stürmten Martin und Andrea in den Schaf-Kommando-Raum. Bunglass und McGregor schauten erstaunt hoch. „Wir sollten allesamt einmal das Fernseh-Programm einschalten!" rief Martin. „Es gibt da etwas, was für unseren Wettkampf entscheidend werden kann."

Noch waren diese Worte nicht verhallt, stürmte jetzt auch Wild Bill Hunter herein. „Leute, lasst uns gemeinsam sehen, was da vor sich geht!"

Auf dem Bildschirm erschien ein Nachrichten-Sprecher, der eine sorgenvolle Miene aufgesetzt hatte. Und dann hörten alle Anwesenden seine Worte: „Liebe Zuschauerinnen und Zuschauer! Der nationale schottische Wetterdienst gibt soeben eine Unwetter-Warnung heraus. Ein heftiger Sturm in Orkan-Stärke kommt auf den Norden Schottlands zu. Es gilt die höchste Warnstufe! Einige Bohrinseln werden zurzeit bereits evakuiert. Der Aufenthalt im Freien wird lebensgefährlich! Es ist sogar mit Wind-Geschwindigkeiten von über 150 km/h zu rechnen!"

Alle sahen sich an – etwas ratlos zunächst. Dann ergriff Wild Bill Hunter das Wort: „Ich denke daran, dass wir unseren Wettkampf beenden müssen.

Wir können die Gesundheit der Mitspieler nicht aufs Spiel setzen. Menschenleben gehen vor – äh – Entschuldigung - ich meine natürlich, dass die Gesundheit aller Lebewesen vor geht – ehrlich!"

McGregor und Bunglass sahen sich an und ihre Gesichter redeten eine deutliche Sprache. Zunächst belustigt, dann doch ernst werdend, nickten die beiden allen anderen zu.

McGregor bat Martin darum, alle Schaf-Trupps zu informieren, dass dieses Event abgebrochen wird. „Sag ihnen bitte auch – warum. Und sie sollen sich allesamt unverzüglich auf den Weg machen, hier her zu kommen, wenn das Wetter es noch möglich macht."

Das Ereignis des Jahrhunderts würde jetzt ein jähes Ende nehmen. Aber eine andere Möglichkeit ist wohl auch nicht vertretbar.

Wild Bill meldete sich noch einmal: „Wir sollten die Zeit bis zum Eintreffen aller Teams nutzen, um uns über den Ausgang dieses großartigen Wettkampfs zu beraten. Wir sollten uns fragen, ob es einen Sieger geben kann. Was meint ihr denn dazu?"

Eine längere Pause trat ein. Alle sahen sich fragend an, und man sah es Menschen und Schafen an, wie sich in ihren Köpfen viele Variationen abspielten, um irgendwie eine für alle tragbare Lösung zu finden.

McGregor fand zuerst die Sprache wieder: „Sicher wird es mehrere Möglichkeiten geben, diese Sache zu beenden. Jeder von uns hat wohl eine Idee dazu. Ich würde vorschlagen, da Andrea und Martin ja ganz unparteiisch zwischen uns Schafen und Wild Bills Metzgern vermitteln können, zu hören, was die beiden meinen."

„Ok", sagte Bunglass. „Das ist ein guter Anfang. Nun, was meint ihr?"

„Nicht ganz einfach, diese Sache", begann Martin. „Schließlich konnte der Wettkampf nicht zu Ende geführt werden. Bei einigen menschlichen Wettkämpfen wird aber auch manchmal am „grünen Tisch" entschieden. So kann dann zum Beispiel der momentane Spielstand als Endergebnis genommen werden. Die Frage ist, ob wir dies auch so wollen?"

Und Andrea ergänzte: „Das wäre eine Möglichkeit, der momentane Spielstand. Denn es ist ja so, dass zwei der Schaf-Teams gefangen wurden. Drei sind aber noch in Freiheit. Das wäre, angenommen wir nehmen so eine Wertung, dann drei zu zwei für die Schafe!"

Wild Bill lächelte bei diesen Worten und legte seinen Kopf schief. „Da wir ja nicht wissen, wie letztlich alles ausgegangen wäre, wenn alles bis zum Ende gelaufen wäre, würde ich diesem Vorschlag wohl zustimmen müssen – wenn meine Jungs dann leider keine Gewinner des Wettkampfes wären."

Bunglass und McGregor hatten sehr aufmerksam zugehört, sahen sich kurz an. McGregor nickte Bunglass zu, der sogleich das Wort ergriff: „In diesem Wettkampf gibt es – unserer Meinung nach - k e i n e Verlierer. Irgendwie mussten zwar Regeln aufgestellt werden, wie in jeder Sportart. Aber wir sollten das nicht zu eng sehen. Was hier passiert ist, das ist doch etwas „Einmaliges" auf der Welt! So etwas hat es noch nie gegeben! Wir alle – ob Schafe oder Menschen – sollten sehr stolz darauf sein, was wir möglich gemacht haben."

„Wir a l l e sind Sieger, das meint Bunglass damit", erklärte sich McGregor. „ Wenn wir Schafe eine Schaf-National-Hymne hätten, dann würden wir die jetzt singen, voller Freude und so lautstark wie möglich."

Wild Bill kam aus dem Schmunzeln gar nicht mehr heraus. „ Dass ich das alles erleben darf, du meine Güte! Ich bin sicherlich nicht oft fassungslos. Aber einen Vorschlag hätte ich. Wenn alle Beteiligten wieder heil und gesund hier zurück gekehrt sind, dann sollten wir a l l e zusammen die schottische National-Hymne singen. Schließlich sind wir hier bei Martin und Andrea in Pitlochry in Schottland, und bedanken könnten wir uns alle auch damit bei den beiden!"

„Eine großartige Idee ist das", meinte McGregor. „Und es ist nicht nur deshalb, weil ich Schotte bin. Ich finde diese Sache, die wir hier erlebt haben, so unglaublich schön – ich könnte Tränen vergießen!"

„Und du brauchtest dich dafür kein bisschen zu schämen, mein tapferer Schotte. Ich selbst kämpfe schon seit einiger Zeit damit, meine Freudentränen zurück zu halten."

„So geht es wohl jedem hier", schluchzte Wild Bill los – und Andrea und Martin schlossen sich an.

Wohl selten wurden gemeinsam so viele Freuden-Tränen vergossen, wie an diesem Abend. Dass es eine gemeinsame Freudenfeier von Menschen und Schafen ist, das ist sicherlich wirklich „einmalig".

Einige Stunden waren seit dem Abbruch des Wettkampfes vergangen. Niemand der Anwesenden dachte daran, sich zur Nachtruhe zurück zu ziehen. Schließlich war ja auch noch damit zu rechnen, dass das eine oder andere Team eintreffen würde.

Und dies passierte dann auch nach und nach wirklich. In Abständen von Minuten trafen abwechselnd Teams von Fängern und Schafen ein – immer mit großem „Hallo" empfangen.

Wild Bill zog sich kurz mit seinen „Leuten" in einen Nebenraum zurück. Er erklärte ihnen, was man allgemein über den Ausgang des Wettkampfes dachte – und nach kurzer Überlegung stimmten auch alle Fänger dieser Vereinbarung zu.

Es war schon spät, aber immer noch dachte niemand auch nur entfernt an Schlaf.

Und da saßen oder lagen sie nun – alle Beteiligten – ob Schaf oder Metzger – in trauter Umgebung auf dem schönen Gras im Garten oder im weit geöffneten angrenzenden Kaminzimmer.

Hat man jemals so eine friedlich vereinte Truppe von Menschen und Tieren gesehen – wohl kaum!

Die Nacht wurde lang und länger und ging zeitlos in den Morgen über. Schließlich hatten sich die verschiedenen Trupps zu erzählen, wie sie erwischt wurden oder wie sie entwischten.

Staunende Gesichter von Mensch und Tier verhinderten, dass Müdigkeit überhaupt eine Chance bekommen würde.

Es wurde eine 3-Tage-Feier, denn keiner wollte den ersten Schritt der Trennung vornehmen. Doch auch dies musste einmal zu Ende gehen.

Wild Bill verabschiedete sich zuerst. „Es war eine wundervolle Zeit mit euch – vor allem mit euch Schafen! Eigentlich kann ich es immer noch nicht ganz glauben, was hier passiert ist! Und seid versichert – meinen Leuten geht ebenso. Aber nun muss ich wirklich fort. Wir haben eine Tagung in London – für alle Metzger vom NSA-Verband. Seid gewiss – ich werde dort berichten, was Mensch und Tier möglich machen können, haben sie nur den guten Willen dazu. Und – versprochen – Schaf – kommt bei uns zu Hause keinesfalls auf den Teller.“

Bis sich alle Gruppen verabschiedet hatten, dauerte es noch eine ganze Weile. Immer wieder mussten die Schafe die Begebenheiten vom Wallace Monument und vom Falkirk Wheel erzählen.

Dann trat Ruhe in der schönen Anlage in Pitlochry ein. Jetzt waren nur noch Andrea, Martin, Bunglass und McGregor dort.

„Bunglass, du freust dich doch sicher schon auf deine Familie und deine Herde in Irland", wandte sich McGregor an seinen besten Freund. Wir haben jetzt im Augenblick wohl wirklich genug erlebt und können eine Pause sehr gut gebrauchen."

„Das ist wohl mehr als nötig", antwortete der Freund. „Das alles noch nachträglich zu verarbeiten, wird sicher einige Zeit dauern. Und wie oft wir zu Hause erzählen müssen, was hier tatsächlich passiert ist, das wird sicher auch einige Abende füllen!"

„Und du, McGregor, was hast du vor?", fragte Martin. „Sicherlich wirst auch du erst einmal zu deiner Herde in die Oberen-Highlands traben, habe ich recht?"

„Das ist so, ich wünsche es mir sehr, auch wenn ich dann meinen Bunglass einige Zeit entbehren muss."

Bunglass hatte schon wieder so ein feuchtes Gefühl in den Augen. „McGregor, wir haben noch so viel vor. Wenn ich an unsere Reisen für Schafe denke, da werden wir noch oft zusammen sein können."

Und auch McGregor sprach nun mit nicht mehr ganz so fester Stimme: „Du hast vollkommen recht. Diese Reisen werden sicher sehr schön, haben wir dann doch viele unserer Schaf-Freunde dabei – aus aller Welt sogar wahrscheinlich. Sicher wird ein Event, wie das soeben hier gelaufen ist, auch stark nachgefragt werden. Aber jetzt lass uns aufbrechen, um unsere ganz spezielle Heimat wieder zu sehen!"

„Ok, aber zwischendurch werden wir sicher immer wieder einmal schon von „neuen Abenteuern" träumen!"

Bunglass und McGregor trabten noch einmal eine Runde durch den schönen Garten, winkten Martin und Andrea ein letztes Mal zu – und waren auf dem Weg.... - die beiden Menschen mit feuchten Augen zurück lassend.

E N D E   ?

… einige letzte Worte:

Bunglass und McGregor haben in den letzten Jahren so viele treue Freunde dazu gewonnen.

In Schottland und Irland wurden sie durch unsere Urlaubs-Reisen bekannt, die natürlich auch immer ein bisschen PR waren. Freunde haben sie natürlich in ganz Deutschland, und immer machen sie dort bei denen Station auf ihren Reisen. Freunde haben sie auch in Italien, der Schweiz, den USA und in Kanada.

Ihre Freunde aufzuzählen, die teilweise auch in den Romanen vorkommen, das wäre zu viel des Guten, denn ihre Zahl dürfte inzwischen einen Fan-Club sehr gut füllen.

Danke an Alle, die meinen Schafen und mir die Treue gehalten haben und mich ermuntern, Neues von Bunglass und McGregor aufs Papier zu bringen!

Auch „Schafe mähen nicht nur Gras" ist ein in sich abgeschlossener Roman. Wer die Vorgeschichte zu diesem zweiten Roman hier erfahren möchte (ist nicht Bedingung), der wird ebenfalls viel Freude beim Lesen haben, versprochen.

Meine Bücher können in jedem Buch-Geschäft in Europa, den USA und Kanada „bestellt" werden, auch durch Bestell-Firmen wie z.B. Amazon pp., – und es gibt sie auch als E-Book.

... bisher sind erschienen:

- **INFOS im Netz** unter Wolfgang Pein Schafe –

Schaf-Geschichten mit Johanna

(ein Kinder-Buch, geschrieben zur Taufe unserer
Enkelin Johanna) ISBN: 9783848251032

The adventures of two sheep friends

(in Englisch, leicht zu Lesen)

ISBN: 9783732233328

Schafe mähen nicht nur Gras

(ein Schaf-Roman - k e i n Kinder-Buch)

ISBN: 9783738606584

... und nicht vergessen :

**besuchen Sie Irland und Schottland
auf den „Spuren von Bunglass und McGregor"** !